司馬中原笑談人生

司馬中原 著

笑談人生（自序）

在一甲子的創作生涯中，我寫小說的時間比較多，偶爾也寫一些散文。早期所寫的散文，抒情的成分較為濃厚，大多著重於懷鄉、戀土、憶舊思往、展放性靈。中年後，生涯浸淫較為深廣，對人間萬事萬物，亦具較深的透察，因之，取材面逐漸拓展，對人生有了多面的探索，但未更初志，未改初衷，張醒靈目，觀照人寰，依然如故。岳武穆公的名言，曾給我無限的激發，那就是：「劍氣非關月，書香不是花！」如果我年近八旬，仍寫些風花雪月的玩意兒，那我豈不是專賣「山寨版」的「黑心產品」，要被送進「杜鵑窩」去，「自了殘生乎!?」古人曾言：「世事洞明皆學問，人情練達即文章。」我活了近八十年，既未達「洞明」之境，復離「練達」尚遠，但我對人生境界的研探和追求，卻未有一刻之停留。

多年前，我曾誓言要寫成「人生十大藝術」，在這本書裡，實際上已寫了八大藝術，因為〈想飛〉，就是「飛」的藝術，〈消痰「話」氣〉，就是練「氣」的藝術，另兩個還沒寫出來的，應該是「情」的藝術，以及「死亡」的藝術，但近年來，經雙盤寂坐，靈光屢現，我發現人生一舉一動，一言一行，無處不是藝術，佛家所言：「生、老、病、死、苦。」祇是生命中生理的浮象，對真、善、美的執著，可以克之。所謂真，乃悟及本心，活得有意義、有價值，有我無我，不在意中。所謂善，以「仁」為中心，盡心付出，俯仰無愧。所謂美，萬境歸胸，盡情領略，死亡非終極，乃為圓滿之完成！如我能盡情領略人生「美」學，將「生、老、病、死、苦」，完全納入美學範疇，則「生而何歡，死而何懼」。

基於此點淺浮認知，我的散文仍有發展空間，可持續寫下去的。

司馬中原
民國九十八年七月十日

．編按：本書根據《駝鈴》一書整理，刪去部分文章，全新校訂，並增收司馬中原全新散文作品。

輯二　生活的拼盤

輯三　走進春天的懷裡

輯四　童話・神話・鬼話・笑話

輯一　人生八大藝術

飲茶的藝術

古人將開門七件事：柴、米、油、鹽、醬、醋、茶，當成日常生活中不可或離的事物，而茶成為唱壓軸戲的要角，因為它具有可興、可雅、可頌的多面功能。一個人從愛茶、飲茶、烹茶、戀茶到研究茶，這才發現茶文化涵納了無限的學問，稱它為人生藝術，的確是名實相符，自唐代陸羽傳下《茶經》三卷以來，歷代寫茶事的文章，更是車載斗量，近代有心人更編成一部洋洋巨著《茶典》，供茶客們藉此一窺堂奧。

我們民族講《茶經》、論「茶藝」，在扶桑之國，卻稱「茶道」，但這個「道」字，幾乎被日本用濫了，像「花道」、「柔道」、「劍道」、「武士道」、「奕道」，道的下面還有「流」、「派」，立下許多繁文縟節的形式和規矩，擺下一本正經的面孔，設下許多束縛性的門檻，無形中限制了個性的自由創發，而「藝」是鼓勵人覓奧尋幽，朝向無限發展的，極為尊重多元民族的個別趣向，故此，小老頭兒談茶，捨道而取藝，但自唐代陸羽寫了《茶經》之後，後世凡是寫到「茶」的文章，總得先對這一行中的「祖師爺」上一炷香，聊表愼遠之忱，取意於「禮多人不怪，鹽多不壞菜」也。

陸羽生於唐代楚地竟陵（今湖北省天門縣西北尙有故城），朝廷曾給他太常寺太祝的官職，他辭而不就，隱於苕溪，自號「桑苧翁」，但他並不熱中於栽桑植苧，反而對茶事一往情深，載月披星的奔波各地，覓茶樹，辨茶種，窮究製茶之法，精研烹茶之水質，最後，他選擇江西省上饒縣北郊的茶山，作爲寓居之所，上饒北郊山巒起伏，景勝林幽，城北的「茶山寺」中，有陸羽親定名的「天下第四泉」，原名爲「乳泉」，泉水帶淡淡的乳白色，但揚杓取水視之，又清洌無比，他不選前三泉而取第四泉，依小老頭兒的猜想，是前三泉地處人人皆知的風景區，遊人喧嚷不安靜，且地價奇昂，他買不起整片山林去闢茶園罷？

陸羽所傳《茶經》三卷，體例周詳，從茶的源流、製茶的工具、採造的時際、烘焙的器物和製茶的方法，到如何烹煮、如何品飲，以及古往茶事、茶的產區和宣略，可說面面俱到，而且非常深入，此卷雖分上、中、下三卷，但總計字數還不到六千字，休看這樣一篇小小的短文，卻耗費了他多年的心血，誠所謂「經」者，「徑」也，他爲茶事窮精極研，在一片空山之中，開闢出一條路徑來，他不單是茶的學者和理論家，他本身就是茶藝的實踐者，自己拓墾茶園，親手試植不同品種的茶樹，自己設計製作茶具和茶器，更在「乳泉」下鑿出「胭脂井」以蓄泉水，凡採葉、烘焙，取湯烹煮，不斷品味改良，揚杓試飲，他都凡事躬親，而且詳加記錄，他早歲跑遍大江南北，考察訪問，以同時代的眾多茶人為師，不恥下問的累集經驗，匯眾智經研汰入書，短短的六千字《茶經》，耗得他髮禿齒落，單憑這種執著為學的精神，就能使天地為之低昂。

抗戰初期，我的同鄉長輩，詩人邢公耐寒，曾路過上饒，專程拜訪陸羽的寓居「茶山寺」，但那裡雖經後世修葺，也已破損不堪，廢無人居，荒草離離，雖「乳泉」仍在，「胭脂井」旁有勒石記事，正其名為「羽泉」，用以紀念陸羽居士者，並刻有湘潭詩人唐薇的一首詩：

生為茶經累季疵，禿於揚杓一何辭，豈知北郭空山裡，占得寒潭雪一池。

陸羽本名陸季疵，又號竟陵子，晚號陸羽居士，除《茶經》外，他還寫過《顧渚山記》、《茶歌》等作品，可惜坊間早已絕跡，無緣讀到了。

《茶經》確是一部千古流傳，茶界奉為圭臬的經典書籍，但對我這個老半吊子茶客而言，讀《茶經》增長見識雖是好事，但我既不能去做茶農，又不能經營茶作坊，至於開茶葉舖、設茶藝館更非所長，甚至連烹泡的功夫也懶得去練，只會出一張嘴，來它個「純喫茶」，陸羽那些精湛的學問，我壓根兒用不上，但飲茶飲了一甲子以上，從舌尖到心眼，多少也練出一招半式「三腳貓」的功夫，陸羽在《茶經》裡談了許多專業的門道，但他卻漏談飲茶的藝術，小老頭兒不揣愚陋，正好為他補上一段，飲茶論藝，消痰化氣，有何不可。

在我們東方民族中，茶是最為普及的日常飲料，因為它具有多面的功能，我為它寫過一副並不相襯的對聯曰：「開門七事無煙酒，一生閒雅樂茶香」，又寫過：「無心償酒債，有意結茶緣」。某年炎夏，訪鹿谷茶鄉，主人待以當地名產太白酒和烏龍茶，惹小老兒大發騷興，口占一聯曰：「青蓮嗜飲太白酒（李白號青蓮居士），司馬愛品烏龍茶」，歪腔歪調的閒言表過，該是書歸正傳了，話說茶的功能有多種，像：

一、社會性的功能：有客登門，首先奉茶，是基本禮貌。洽商、談事、歡聚、聯誼、擺龍門陣，茶藝館都是最好的地方，四川的茶館，更是品斷紛爭的堂口，此外，像茶話會，小型研討會，好友約會，情侶幽會，又能清心，又有點心，豈不妙哉。

二、醫療性的功能：茶能生津、卻暑、消火、明目、醒腦、減肥、止渴、提神、舒壓驅倦，不論你登山越野，長途跋涉，暈機、暈船，嚼一小撮乾茶葉，都可立見功效，不輸於萬金油和八卦丹也。

三、消閒性的功能：飲茶的空間天寬地闊，富貴人家可飲於玉堂或是名園，有些老人飲於廟口的榕蔭之下，有人飲於公園池畔，農夫們飲於田間坡坎，一把茶壺，幾隻陶碗，一樣可平添雅趣，放逸情懷，助長談興，鬆弛神經，人常言：酒能亂性，茶能助興，茶遠優於酒是當然之事。

四、**文化性的功能**：在這方面，茶的功能更加顯著，像北京的「老舍茶館」、台北的「紅樓劇場」，都是飲茶賞藝的場所，飲茶是名，賞藝是實，自稱醉翁的歐陽修曾有「醉翁之意不在酒，在乎山水之間也」的名言，但小老頭兒本於自身痛切的經驗，不表苟同，人家楊貴妃醉酒，能舞出優美絕世的身段來，李白醉酒，是為「有酒詩發天外情」，較後的蘇東坡醉酒，書寫出豪情萬丈的〈大江東去〉，歐陽公在山水之間舉盃，雖說意不在酒，還得防個萬一罷，若是換成飲茶，可保萬無一失也。

昔日，小老頭兒偕老友登梨山，下榻梨山賓館，此際正是鱗霞映日，山風送爽，松鳴濤激，大好的黃昏景色，原想散步周遭，盡覽水色山光，奈素有「酒王」之譽的主人黎君設宴召飲，美酒山珍布滿席前，黎君感會面之難，殷勤勸酒，我們就引用歐陽修的名句「意不在酒」，結果我喝得迷迷糊糊，而那位老友更慘，我醉後還能摸得到床，他卻因不斷嘔吐，趴在馬桶蓋上一整夜，嗅飽他嘔吐的狼藉。

說來說去，茶和藝連在一起，才是眞正美妙的組合，我小時候，是粗野不文的頑童，放學不回家，流連在茶樓書場，聽說書人講秦道漢，言唐演宋，人家是泡茶看座，我是站在牆角「幫人場」的站票，有人翻起茶碗蓋離席，就去喝兩口被稱作「二和開」的殘茶，但在滿溢茶香的場合，有一道通往煙雲裡去的歷史之門打開了，成為我生命中歷史感、文化感的源頭，匯點滴而成江河，何嘗不拜茶文化的恩賜呢？

隨著時代的演變，今日的茶飲迥非昔比，它匯合了東西方不同的材料，把鄉土性的、藥用性的、自然的材料一體融入，陣勢堂堂，花樣繁多，即使陸羽再世，也得要從頭學起。

像鄉土性的茶類，有青草茶、涼茶、大麥茶、竹葉茶、野生岩茶等等，自然性的有各類花卉茶，藥用類的有甘草、木冬、金銀花、胖大海、杭菊等等，西方更習慣以薄荷當茶，俗稱「荷蘭水」，行銷東方，但無論怎麼變，茶葉茶仍然是茶類的正宗，有著它無可取代的歷史地位。

我是個雅愛藝術的窮措大，喝起茶來，不夠資格講求茶葉的品級，那些擁有金牌銀盾的名茶妙品，我根本買不起，能喝到中品的茶，已夠心滿意足了，對於新興起的茶類，我也滿有興致，像桂花、玫瑰花，口感俱屬上乘，安神安眠都有相當功效，即使口感辛辣的薰衣草茶，我也飲之如飴，但早就和茶葉相混的茉莉花茶，卻是我的「拒絕往來戶」。在茶葉茶裡，不論新茶、老茶、紅茶、綠茶、清茶、烏龍、鐵觀音、龍井、毛尖、錫南茶和普洱茶我都能接受，只是不喝香片——一喝就通宵失眠。

前些年，我曾應邀去鳳凰谷，充當地區的茶葉評審，後來便婉謝了，理由之一是：窮措大去喝頂級茶，把口味養嬌了，會因買茶葉而破產；理由之二是：每評審一次，輪飲幾十張桌面，空腹牛飲三百杯，害得我產生嚴重的「茶醉」，弄得渾身直抖，瞳孔放大，迷迷糊糊大聲朗吟杜甫詩：「會當凌絕頂，一覽衆山小」，替台灣茶做起「免費廣告」來。

這可是我頭一回經歷到「茶醉」的厲害，酒醉隔日就醒，茶醉延續三、四天，兩腿還軟軟的，腳踏地面像踩在棉花上。一位醫生朋友警告我：茶醉比酒醉難解，酒醉可用茶解，茶醉不能用酒解，萬一弄出個「連環醉」來，那豈不慘矣哉乎?!

不當評審，飲茶是「自然」飲，當「評審」是「強迫」飲，只要不犯「茶醉」，茶仍是我的最愛，我崇茶，是因茶性極爲高潔，沾不得一絲油腥之氣，即使在帶有油氣的廚房泡出來的茶，一入口便覺味道不正。我本身是個油膩膩的、肉食性俗物，總想用茶來洗腸滌胃，把自己打理得乾淨點兒，尤其是一張臭烘烘的「烏鴉嘴」，實需用茶來沖刷。我之愛茶，因茶是出自山林水湄，無論到什麼環境都不失其本性，苦中帶甘，清香幽遠，有了茶這樣的益友，誠具近朱者赤的功效，時日愈久，愈覺其可敬可戀，簡直到不可或離的地步了。

有如此感受的，何止區區在下，所有識得茶中三昧的茶友，大體上都是有志一同，舊俗聘禮多用茶，受聘就稱爲「受茶」，男女共飲一杯，叫「結茶緣」，邊疆民族送聘除牛羊外，大塊磚茶是最高貴的禮品，一塊磚茶可換得一匹駿馬。在湘贛一帶山區，主人待客請你喫一碗茶，碗是大碗，裡面是花生、瓜子、豆仁、紅棗，及各類堅果仁，那哪兒是茶？簡直是用茶湯煮出來的「八寶粥」，一碗就把人撐飽，漢族區的習慣，茶中雖不加什麼，但都外加許多精緻的茶食點心，免得空腹飲茶，有損脾胃，這種顧慮，倒頗合「生理衛生」條件的，古人雖沒這類現代字眼，他們卻懂得告訴人：「早酒、晚茶、五更色」，都是傷人的利刃。

不論你是不是愛飲茶的，但對茶館茶樓這一行，都懷有尊敬之感，我們對其他行業的小夥計，都直呼為店小二、跑堂的、小學徒的，但也祇對茶樓的夥計例外，通稱其為「茶博士」。這稱謂絕非胡吹亂捧，確是名實相符的，想小老兒我，當年迷戀茶樓，祇是「靠邊站」的貨色，學到的一招半式已夠受用終生了，人家茶博士受過嚴格鍛鍊，耳聽四面眼觀八方，以斗大的茶壺，懸空沖茶，收放自如，不濺餘瀝，熱燙燙的手巾把兒頂在指尖飛旋，隔空遙擲到客人手上萬無一失，這種神奇的技藝，簡直可和古代神射手養由基媲美。但這祇是外功，他們遊走在茶樓多年，聽盡了各方茶客的高談闊論，這些都不是在課堂上學得到的，這些茶博士，雖不敢說「世事洞明」，至少在「人情練達」方面，夠稱超人一等，你祇要一落座，經過他觀顏察色的瞟上一眼，就知道你肚裡裝幾瓶墨水，更裝得幾兩油？

一甲子以來，我品嘗過世界各地不少的茶類，包括我幼時鍾愛的蘇、浙茶，若論品質之佳，製作之精，口感之爽，台灣茶實居頂峰地位，鶴立雞群，無可取代。

中原各地，在唐時已多有植茶，陸羽《茶經》第八章，曾論其出處並品其高下，但對嶺南閩越地區則語帶保留，只說生於福州、建州、象州，並恩播十一州未詳，但他卻說：「往往得之，其味極佳。」由此可以推想得到，陸羽雖走過大江南北，並沒到過嶺南瘴癘之地，不過，有人捎建安、武夷的茶葉讓他品味，他的結論是「其味極佳」。

台灣茶種，大部分移自福建健安（健寧），一部分移自武夷山區，健安茶早在宋代即聲名遠播，到明代更成爲「貢茶」的主要供應地，其中的珍品像「龍團勝雪」、「小芽」之類的，民間根本喝不到，都貢上京城，由皇家獨享了。即使是次品，也風味絕佳，勝過大陸許多著名產品，是由來有自之事。

我這老茶客的口味較重，喝太湖區的茶總覺香淡味薄，無法過癮，未若台茶濃淡合度，一盅入口，便覺每粒水分子都輕滑圓柔，在人舌尖上跳芭蕾舞，然後自動滑入喉管，潤肺清心，我對高山所產的烏龍茶更是情有獨鍾，凡出國旅遊，必自攜一罐，不飲外地茶包。

茶文化的普及，逐漸成爲社會文化發展的特色，許多「正派」經營的茶藝館，也成爲我經常流連的地方，那裡經常有小型的書法展，中、西畫展，壺藝展，以及各類的雅聚，古色古香的燈籠，清雅脫俗的聯語，配上古樸淳厚的鄉土藝品，別有一種幽寧閒雅的意趣。如今大陸城鎮也在普及「茶藝館」，講茶藝、奏國樂，但那些女性茶博士們，穿上高叉旗袍，打扮得花枝招展，商業性的表演意味特濃，自然恬淡的氣氛，業已破壞無餘了。

在工商業掛帥的年代，很多打著茶的旗號而出賣色情的行業紛紛出籠，這要比早年「打茶圍」花樣更多，像什麼「特約茶室」啦，變質的「老人茶室」啦，黑燈黑火的「摸摸茶室」啦，把茶和色搞在一起，實在有些不倫不類，令人啼笑皆非。

飲茶能成爲高尙的生活藝術，實源於歷史上許多前輩人物的導引，拋開漢晉的茶客司馬相如、揚雄、左思不說，單以明代江南文士而言，像沈石田、祝允明、文徵明、唐寅、王寵等人，都是茶的嗜好者，他們有定期的「茶聚」，每次聚會都有不同的主題，如：春日晴和，來一次賞花賞鳥，觀瀑聽泉的「郊飲」；或在幽寧的月夜，泛舟太湖之濱，觀水波月影，聽古琴彈奏，來一次濯心洗髓的「舟飲」；或焚檀騰篆，小聚於名園，揮毫作畫，分韻唱和，作一次「藝飲」。它如展覽各類收藏、考據古藝品、聽雨、賞雪、行奕、清談，都和茶連綴在一起，這都是充滿詩意的飲法。

一般人雖沒有那般講究，一樣也能在工作的餘閒，充分享受到飲茶的樂趣，有些茶樓不但陳列文物，還有許多歌、舞、戲劇、音樂，以及各類民俗藝術的演出，可說集民族文化精粹於一爐，洋洋大觀。其實，飲茶不拘任何場合，夏日的濃蔭下，冬寒的爐火邊，農忙的田坎上，長途的茶棚或茶亭中，把盞飲茶，講講閒話，那種舒暢身心的妙境，茶客們都能體會。有一副山中茶亭所懸的對聯，更道出其妙來：

四面皆山，坐片刻，何分爾我
兩頭是路，喫一盞，各奔東西。

有些茶藝專家，對茶的知識深廣，會選茶葉，熟知沖泡的門道，我只是「純喫茶」的人，對那些門道一竅不通，平素家居，茶不離口，躺在後園涼椅上觀花看雲，哼哼古詩詞，聽聽國樂，坐在燈前運筆籌思，茶霧茶香更助長了我的靈思，朋友們知我嗜茶，屢有饋贈，當我喝到台灣茶類中貴重的「東方美人茶」時，才悟出，為何歐陸皇室如此珍視它，並給它這般美豔的命名了。

我對飲茶藝術的期望與追求，可以總結為，焚檀烹茗，默坐啜飲，舒展性靈，神遊寰宇，融入自然，卷展今古，靜居閒雅，領略奕趣，聚晤友好，放懷吟嘯，幽院聽雨，秋空賞月，守燈奮筆，祝願承平。

喝了半世紀的台灣茶，也走訪過許多雲封霧繞的產茶區，和茶界的朋友結下茶緣，近時茶餘偶得一聯，表示我對台茶的推崇與感謝，聯曰：

鹿谷、坪林、嘉義，明德，飲增福壽。

山青、水秀、土沃、茶香，我愛台灣。

（上聯均為台茶主要產地，嘉義有阿里山茶、明德水庫有明德茶，福壽山農場有福壽茶。下聯是「頌之以誠」，因最近帽子亂飛，正好藉之表態也。）

打油詩的藝術

生在一個以「詩教」爲宗的民族裡，任何人都很難擺脫「詩」的影響，甚至樞紐時代的掌權人物，在簡短談話中，也常會引用一些詩詞，增加其「文化水平」。

我不是詩人，但我卻感悟到：「詩是靈魂的音樂，精神的舞蹈」，我幼年時，筷子背上刻的是詩，花碗畫境中，題署的是詩；太師椅背竹簡上，刻的是詩；屏山條幅上，寫的也是詩，風也是詩，雲也是詩，日也是詩，月也是詩，團圓美滿是詩，浪跡天涯是詩，碧血紛飛是詩，冥思默想是詩，生活的諸般情境，幾乎無一非詩，你可以指我是「胸無點墨」的大老粗，但你不敢說我全不知「床前明月光」；有些三歲的小孩，就跟李白成了忘年之交，把月亮當成「白玉盤」了！

出自民間，妙趣橫生，渾然天成

《易經》有云：「流變不居，化入六虛」，即說明了整個相對宇宙，無時無刻不在流變之中，傳統詩的沒落，在於時代的急速變遷；若干全新的事物，取代了「十二欄干倚遍」，如把超音速、噴射機、幽浮、聖嬰現象……都納入詩中，那就「木然無趣」了！由傳統詩，變為「現代詩」，乃是「不得不爾」的一種自然過程，但「現代詩」之「幽微玄妙」，非一般大衆所能「深度領略」，便形成一種「短暫的空窗期」，管它是「橫的移植」，或是「縱的繼承」，冰凍的老人群，多數都具有一定程度的「排斥感」，這也是一種無可奈何的「現實」。

近期有一種「舊詩新寫」的風尙，執筆者多為一群「學舊不成，學新不像」的人物，他們並不理解傳統詩的「平仄」，且常用「強押」方式處理詩句，結果成為「差勁」的「打油」詩，誦讀之餘，啼笑皆非。

俗云：「熟讀唐詩三百首，不會吟詩也會謅」，這類胡侃瞎謅的詩，語意不通，困於押韻，稱它為「打油」詩，眞會笑死打油詩的鼻祖張打油。蓋因「打油」詩出自民間，脫口而出，不避俚俗，渾然天成，妙趣橫生，完全是另一種藝術型態，一般食古不化、窮酸學究型的人物，傳統詩都寫不好，打油詩當然也寫得不倫不類，極爲無趣了！

很多人都知道張打油那首：「黃狗身上白，白狗身上腫」的詠雪詩，趣味全在於「白狗身上腫」的那個「腫」字上，使人想來忍俊不禁，那可以稱爲「詩眼」，畫龍點睛點那麼一下，全詩便活了起來。

區區生平不務正業，雜學九流，對這個也癡，對那個也迷。迷圍棋、迷茶酒、迷書法，更迷上各類的「打油」詩，每遇著好的打油詩，就記誦不忘。我逐漸發現，打油詩有許多不同的類型，像：自然型的、實在型的、誇張型的、機變型的、趣味型的、嘲諷型的……直如百花齊放，萬態千姿，經常沉浸其中，可以洗掉自身酸溜溜、文謅謅的迂腐之氣。

明洪武初，學士解縉，出口成章，傳說他幼年家貧，無法入學，但他天資敏慧，留下很多人盡皆知的趣話。他父親氣他不做家事，成天瞎謅打油詩，就罰他去掃地、餵雞，不准唸什麼詩。解縉一邊做，一邊唸說：「掃完門前地，又餵籠裡雞。」他父親罵說：「不准唸詩，你怎麼又唸了？」解縉就分辯說：「分明在講話，哪能算唸詩？」但把四句合起來，根本就是一首「自然型」的打油詩。

與傳統文學的誇張手法相映成趣

又傳漢武帝出巡，見郊野有四個白髮老翁在種田，召問他們的年紀，均爲百歲以上，乃問及他們養生之道。甲翁說：「睡覺不蒙首。」乙翁說：「大早就溜狗。」丙翁說：「飯後百步走。」丁翁低頭不語，最後才囁嚅的說：「老婆生得醜。」把四句合起來，便成爲寫實的打油詩，而且非常精妙。

一次，和大陸來的朋友小酌，從順口溜談到打油詩，他談起各省區的老酒鬼，各誇他們的酒好、量大，其中有許多妙句，有些接近打油詩，有些根本就是打油詩的傑作，比如：

四川喝酒還用講？麻雀都能喝四兩！
貴州老酒有得瞧，能把老虎灌成貓，
酒後江邊撒泡尿，活魚醉死幾千條！
蘇北喝酒愛吹擂，三歲就會喊五魁，

人在媽媽肚子裡，業已每天醉三回！

——他媽也是酒鬼，一天到晚喝。

這都是吹大牛、猛誇張的打油詩，正和傳統詩中「白髮三千丈」相映成趣，有異曲同工之妙也。

談到機變型的詩，又不能不提解縉了，他在洪武初年，中了一甲十四名進士時，年方十四歲，尤其是詩才敏銳，舉國知名，洪武經常召他在身邊應答，有一次故意測驗他的詩才，就對他說：「久知你詩才敏捷，朕後宮昨夜生了孩子，你試寫一首詩看看。」解縉不假思索，就吟出：「後宮昨夜降眞龍。」洪武帝說：「可惜是個女娃。」解縉馬上吟道：「化作嫦娥下九重。」洪武說：「不幸夭折了。」解縉立即吟出：「料得人間留不住。」洪武帝說：「裝入錦盒，放入御水河流走了！」解縉就吟道：「翻身躍入水晶宮。」

解縉這首詩，乃具傳統詩骨架、打油詩氣韻的「脫口秀」，只要胸有丘壑，即可兵來將擋，水來土掩。解縉的超常機變能力，一方面得自於超常的稟賦，一方面得自於生活的磨練，一方面得自於「活化」的學養，三者缺一不可。想寫好「機變型」的「打油詩」，若無「三分三」的斤兩，是很難辦得到的。果若秉「愚」、「執」而強行，結果可能是：「一、二、三、三、二、一，抬頭挺胸撞牆壁」，成爲諫臣撞柱了！

不避俚俗，以趣味娛人

區區自知不敏，對「打油」詩困而學之，但學了大半輩子，始終達不到解縉那種機變性的程度，只能朝自嘲自諷的路向去發展，並且把說眞話、求自然的詩性，融進一點點，責人不如責己，有時罵罵自己也是很過癮的事情。

下面就是區區自嘲打油一首，懇求諸位明公指教。

敢問司馬公，你算哪棵蔥?!
書法超級爛，文章寫不通！
未解平仄韻，夢想做詩翁，
生平何長技，混飯打高空。

老朽之人，自嘆「生未逢辰」，於今竟然身中兩刀，奄奄一息；一刀乃「去古化」的「割喉」，另一刀乃「去中國化」的「腰斬」，使區區沾血連書七個「慘」字，此稿若退，我連買藥錢都沒有了也。（一笑）

傳統詩能以境界化人，而打油詩卻能以趣味娛人。能寫出好的打油詩的人，先得要減酸去腐，把傳統詩習慣性的框框全給砸掉，比如說，一般詩句，講究盡量少用疊字，但廣西柳州的柳公祠（爲紀念謫放柳州的柳宗元而建者），就有人寫過一首紀念的詩：

柳州柳刺史，植柳柳江邊，
柳山柳祠在，千古柳參天。

此詩共二十個字，卻用了七個「柳」字，毫無臃腫重疊之感，讀它自覺柳風拂面、柳雨瀟瀟，彷彿與柳公作超時空的相會一般，俗云：「戲法人人會變，巧妙各有不同。」和傳統詩相較，打油詩既不避俚俗，變化的空間越大，像區區劈腿迷狐五十年（圍棋被稱爲「藝之狐」），標準的「九級王」，輸棋後，自我調侃，寫過打油詩百首，舉其一曰：

司馬行棋老眼花，鐵壁錯當龍尾巴，
食指大動要吃它，自己頭殼先開花；
只見眼前金星冒，胳膊一歪碰倒茶，
趴到地上摸眼鏡，戴上眼鏡好找牙！

通篇所寫只是一個「慘」字而已。但寫打油詩確有治療現代病的效果，什麼躁鬱症啦、幻想症啦、精神分裂症，一概通治，信不信由你，稿費我是拿定了也。（再笑）

弄的藝術

我早年就發過心願，要寫出人世間十大藝術，到如今只寫過〈哭的藝術〉、〈笑的藝術〉、〈看的藝術〉三篇，至於這篇最迷人的「弄」的藝術，眞把我給「弄」糊塗了，一直沒能「弄」出個名堂來。近些年幽居陋巷，苦思入弄之學，竟然曲徑通幽，悟出那麼一丁點兒來，在天昏地暗、群魔亂舞的末世，公開此一「祕笈」，雖不足醒世，但至少也會像當年落拓潦倒的鄭板橋，他那十首歪腔歪調的〈道情〉，不都被世人拿當醒酒湯來喝嗎？

●

我總覺得，古人造字，眞是一門了不得的大學問，窮精極奧，意味無窮，尤獨是這個「弄」字，意涵之博大精深，誠令人凜懼驚嘆，它立在你眼前，像千面女郎跳天魔之舞，非得把你「弄」昏不可，我把它許之爲「萬法之宗祖」、「藝術之極致」。你也許會咄咄稱怪，期期以爲不可，但我在「時光隧道」中，夢到過晚歲隱居於輞川的詩人王維，因他最懂得「弄」字，我這個笨蛋還在「舞文弄墨」，他早就一坐便成山——乾脆不「弄」了。

在字典上，弄屬於「廾」部，（音拱）這個「廾」字，是雙手捧著的意思。如果一個人雙手捧著一個「厶」（古私字），那你只能跟在人家馬屁股後面要皮鞭，成爲人家的馬弁。如果一個人雙手捧著「敝」——不好的惡德，那就變作「弊」字，早晚「作法自弊」了。弄了半天，最後選上「王」字，那才有的「弄」。但這個「王」字，也有不同的解釋，有一種超然近道的解釋，「王」從「三」，代表神、人、鬼三界，那一直代表貫通，也就是貫通三界之主方可爲王，有些人目空四海，稱王稱霸於一時，但腦袋上欠那麼「一點」靈光，只是濁世的「人王」，早晚歸「土」。

我們常說「造化弄人」，反言之，人是宇宙造化「弄」出來的，這和「上帝造人」是同一個旨意，不可把這個「弄」字曲解爲愚弄或玩弄，只有「人弄人」才有這些不入流的花樣。

有許多藝術家，雙手捧的「王」，乃是貫通三界的神明，所謂「弄」，是心手合一，創造出瑰麗輝煌的文化成果，用以豐富人生，這種「弄」，是含有眞善美的「妙弄」，可圈可點，可頌可讚。像在音樂裡面，特別著重操弄的手法，白居易以〈琵琶行〉述事，寫到他在潯陽江頭夜送客，遇上鄰舟彈琵琶的女子，邀請她在筵席間重新操弄琵琶，有「輕攏慢撚抹復挑」的詩句，這攏、撚、抹、挑、轉、撥，不都是「弄」的手法嗎？到得那妙處，急雨來了，私語來了，大珠小珠全滾落玉盤了！這種至美的境界，哪是什麼背稿子的「宣言」、脫稿子的「主張」所能比擬的？我們看到許多器樂的篇名，不是「冰雪清操」，就是「梅花三弄」，何止是琵琶，無論吹、彈、拉、唱，都是操弄出來的。李白在憶舊遊詩卷，形容嬋娟們的歌聲，有「歌曲自繞行雲飛」的讚語，那可比「餘音繞梁，三日不絕」的氣勢更為開曠呢！

再從舞蹈來看，敦煌壁畫中的「飛天」呈現出美的極致。詩人杜甫形容公孫大娘舞劍，也以詩的美感，撼動人的靈腑，他寫道：「昔有佳人公孫氏，一舞劍器動四方，觀者如山色沮喪，天地為之久低昂，㸌如羿射九日落，矯如群帝驂龍翔，來如雷霆收震怒，罷如江海凝清光。」也就是說，到達人劍合一，人於天地合一的程度，不得不使人嘆稱藝術的妙弄了！

詩文的清澄透達，繪畫的遠淡蕭疏，同樣有著如此境界。

●

後世把「弄」字用在地理名詞，路之寬敞平直者，稱為陽關大道，繁華熱鬧者稱為市街，街之小而狹者，稱之爲巷或胡同，大胡同中套著的小胡同，便稱之爲弄。弄雖小而安寧，夜來時花影弄牕，別有幽趣。閒來弄簫追懷簫史和弄玉，弄盅老酒，弄弄筆墨，雖不能名留青史，卻也可展性舒懷，雅而不俗。至於伉儷情深，今年「弄璋」，明年「弄瓦」，那可是「人之大倫」，非但人類單享，世間萬物所構成的「有情世界」，可都是這麼造化出來的。

有許多特具美學素養的畫家和攝影家，非常鍾情於古老的巷弄，那裡是他們取爲作品素材的好地方，不僅是北京的胡同，上海的弄堂，台灣的各處鄉鎮，到處都覓得這類古意盎然的勝景，古陶架疊的牕，染著苔痕的牆，冷落荒圮的小院落中，自開自落的花卉和植物，洋溢著一種難以言述的詩情。

我雖浮居都市近四十年，數次搬遷，但能選的宅院均在巷弄之中，享受著鬧中取靜，栽竹植花、育木爲林的樂趣，晨間的鳥唱，午夜的蛙鳴，加上一片秋蟲的振翅聲，交織成自然的天籟，時時刻刻都能激發出泉湧般的靈思。

曾有朋友勸我養幾籠鳥，看畫眉跳架，聽八哥弄舌，但我寧願在園中植樹，屋右植了兩株會結子的烏秋，烏秋子是群鳥最愛吃的，夏秋時烏秋結實，各種鳥千百成群的聚在枝頭，爭食鮮美的大餐，那比飼養籠鳥省事多了。明代詩人愛鳥而植松，有詩云：「種得松樹高於屋，留給春禽養子孫」，但祇是提供了住的，而我選植烏秋，卻是「吃住皆管」，來去自由，豈不比飼籠更合人道乎？

說來說去，這些樂趣，都只能在「小弄」中「弄」得出來，假如「門」對「市」爲「鬧」，什麼好玩意兒全都被鬧砸了。於今年事日增，勞動力日減，已臨到：「全靠風掃地，端賴雨澆花」的程度，我對於「弄」的感恩和愛戀，卻更過於往昔，人說：「壺裡乾坤大」，我則對以「弄中日月長」，這只是地理名詞之「弄」的妙處。

●

假如把「弄」字換用成動詞，那就會「弄」成另一番景象了，字的筆畫不會更易，但字義認定不同，文學藝術家認定的「王」，乃天地至高理則，絕非人間的爵祿。如果雙手捧著王侯霸主，爲金錢和權力爭攘而「弄」，那準會把天堂「弄」成地獄，繁榮「弄」成衰敝，安樂「弄」成混亂，豐足「弄」成饑饉，直「弄」得天翻地覆，日月無光。

這般的「弄」法，和「妙弄」的性質全然相反，應稱之爲「惡弄」。但其花樣之多，手法之巧，也算得一種「魔性的藝術」。我們雖不屑伴隨魔鬼起舞，去惡性弄人，但不願任人「擺弄」，總要懂得一些「弄」的法門，誠如俗謂：「欺人之心不可有，防人之心不可無」也。

大體言之，這類的「弄」，因場合不同、心態不同，「弄」的程度也有大小輕重之分，小焉者如：嘲弄、戲弄、挑弄、撩弄、耍弄、逗弄，或眞或假，半眞半假，也可眞可假，多半使用在情慾方面，好像樂手撥弄琵琶，輕輕的撥，微微的調，藉以試音定弦，視你的反應，再決定彈出什麼樣的曲調，從「陽春白雪」到「下里巴人」，從「十面埋伏」到「鳳求凰」。我相信司馬相如和張君瑞等輩，都是能「搞」得定的高手，因爲這類的手法，有節奏，有旋律，有高度的音樂性，如夢如幻，迷人心目，泛泛之輩，很難「弄」得恰到好處。

如果發乎純情，止乎禮義，不顯惡行惡狀，這類的「輕弄」、「巧弄」，還不至於定位爲「惡」弄，如果「弄」不到手，變成設陷「串弄」，下藥「迷弄」，惡意「攪弄」，不斷「擾弄」，硬把「白的弄黑」，「清的弄渾」，那就變美爲醜，易善爲惡了。

「弄」字用到社會上，由於慾心作祟，巧取豪奪，惡性也逐漸加深，在字義上已經和「搞」字無甚區分了。不過「搞」字分開來是「高」「手」二字，明示非箇中高手者，千萬不要胡搞瞎搞、盲搞亂搞，但有些人爲了私利，相信渾水才好摸魚，於是，軟硬兼施，大搞特搞，軟的是訛、哄、詐、騙、偷、吃、扒、拿、誘、拐、呵、諂，一應俱全，硬的是：欺、壓、恐、搞、搶、砸、拖、賴、誣、陷、唬、掀，面面皆到，弄得美德被掏空，惡德成自然，什麼忠厚、修養、信實……多被扔進垃圾箱，那邊在「狂搞」，這邊在「亂弄」，正如同「笑傲江湖」電影主題曲唱出的：「兩岸浪滔滔……」歌聲雖然壯闊，但仍含有萬分無奈卻又難以言宣的悲情。

休看這些「失心人」弄出來的亂象祇是擾亂社會，搖動人心，但如此流風積習，染蝕朝堂，使得「弄」家們藉權張勢，行險僥倖，愚弄、作弄、唆弄、盤弄、撈弄、誣弄、挑弄、和弄、搬弄、拖弄、糊弄、挖弄、咬弄、抹弄，花招齊出，弄得人目不暇給，頭昏腦脹，許多鋒頭人物，全成了專業「大弄家」，爭利時秤斤論兩，爭權時頭破血流，做秀時拚命塗抹，賴賬時死不認錯，搶票如狗爭骨頭。偷天換日，偷梁換柱者有之；自喻大天才，旁人豬腦袋者有之；舔人油屁眼，吃瓜靠大邊者有之；毀人五臟廟，自潤子孫堂者有之；鼻孔朝人，惟我獨尊者有之。從積蓄盈庫，「弄」到負債累累，還大言不慚的開口改進，閉口改良，改是經常在改，也沒問問「良」否？「進」否？

古人曾言：「山崩起於一石之落，秋來始於一葉之墜」，「弄」之爲患大矣哉。爲免被人誣爲「書生論政，處士橫議，淆惑視聽，擾亂朝綱」，我這小老頭既非「書生」，更非處士，只是擁有一票的選民，幹嘛把藝術性的「妙弄」，扯到「魔鬼性的惡弄」上頭去呢？我原本只想藉「弄」爲名，「弄」幾文稿費，「弄」瓶老酒，「弄」兩樣小菜，再「弄」包香菸，「弄」八圈衛生麻將的嘛！一旦「弄」過了頭，把事「弄砸」了，日後哪還有耍筆「賣弄」的機會呢？認眞想想，還是去學學詩人王維：「松風吹解帶，山月照彈琴，君問窮通理，漁歌入浦深。」那才眞夠高竿。李白雖然「散髮弄舟」，但總有人送酒給他喝的，看光景，小老頭也得改良改進，忘記〈出師表〉，不讀〈正氣歌〉，休管外頭怎麼「搞弄」，只彈鄭板橋的十首「道情」，放把火燒掉耗去無數心血寫成一部「弄經」，回到「裝神弄鬼」的老本行算了！

鬼可以得罪，人卻是得罪不起的哩！

笑的藝術

我們常聽人說到愛、美、笑、力，也常在意識中把笑和喜悅連在一起，其實，這種概念是大有商榷餘地的，笑裡面包含著的各種人生滋味，認眞的討論起來，恐怕講上三天三夜也講不完呢！

當然，大多數的笑，和興奮、喜悅的情緒有關，像古時候猛將張飛那種掀髯大笑，聲震屋瓦，彷彿要把心都吐出來的那種笑法，祇有直心直腸的漢子才會，這種樣的笑，在如今高度文明的社會裡，是愈來愈少見了。不信麼？如果有一個人，在大庭廣衆之下，旁若無人的縱聲大笑，不遭人白眼和唾棄才怪呢。也就是說，現代文明人很講究儀態，認爲那種笑破肚腸的笑法是嚴重失態，除非你自認是下里巴人，最好不要跟張飛去學樣。

我是軍旅出身的人，對這種直率粗豪的笑法倒挺欣賞的，它具有一種強烈的感染和搖撼力量，凡是笑得像張飛的人物，都是豪爽明快，極易和人相處，並且生死論交的，這種笑，和用拇食二指輕捻下巴，魚吐泡般打兩個不輕不重的哈哈，那種斯文得分不清眞假的、紳士式的笑是頗有區別的。在某些特殊環境冶煉中，人們的哲學是水開了就冒泡，氣起來就像平劇裡的大花臉，跺足騰跳，咬牙切齒，口吐一串「哇呀呀呀……」，樂起來就洪洪大笑，嗓亮聲宏，能掀翻屋頂，粗是粗了點兒，但十足的見性情，聽那種笑聲，不能不說是一種過癮。

不過，站在生理學的立場，再快樂的笑也得要有些節制，最後不要笑過了頭。民間有句俗諺說：「氣死周瑜，笑死牛皋」，牛皋是岳武穆帳前的大將，此公和張飛是同一型的人物，但較張飛詼諧有趣，但笑過了頭，樂極生悲，把命給送掉了。可見笑得太亢奮，不合乎生理衛生條件，對心臟產生的壓力，遠超過菸酒、茶和咖啡，凡是肥胖的、血壓高的、心臟衰弱的朋友，恐怕都要引以爲戒吧。

你如果硬要吹毛求疵，說那祇是荒謬的傳言，那就錯了。我曾讀過一篇筆記小說，裡面講到有一個人，被土匪用快刀砍掉了腦袋，旁人趕緊把它趁熱黏上，那個人居然活了，祇是脖頸間有一道紅色的疤痕。一位醫生鄭重的告誡他，三年內不能大笑，否則定會送命的。那人起先倒是很聽醫生的囑咐，從不發聲大笑，這樣子過了兩年多，也都相安無事。有一天在茶肆裡，他遇上一群朋友，提起當年的事，大家都起鬨，說那醫生是草頭郎中，故意危言聳聽，砍掉的腦袋既已長好，笑怎會笑出毛病來呢？

那人本身也不信醫生的話，便仰頭大笑起來，笑著笑著，頸間的疤痕變得更紅，突然破裂，那人的腦袋又掉下來了。

你是說我愈講愈離譜麼？好，我再講一個現代的事實。我多年前住南部，鄰居有位老太太，很喜歡築方城，一天坐在牌桌上，做成了一副清一色雙龍抱珠，獨聽一張絕五萬，她一摸摸到了那五萬，便哈哈的笑說：

「你們看，你……們……看……」

說著說著頭一低，人就暈死過去了。那張五萬還緊緊抓在手心裡，彷彿這牌桌就是「極樂世界」了！所以說，這種極樂之笑，是要健康的身體作爲本錢的，本錢不足，笑得不自量力的話，好像是吃毒藥，變成另一種自殺的方式，那就有違初衷了！

不管講了多少話，想使人對於笑產生節制，那幾乎是不可能的。在非洲原始部落裡，有一種怪病叫做笑死病，患了這種病的人，藥石罔效，祇好一直笑、一直笑，笑到死爲止。在文明世界裡，還絕少有這種病例，但笑得過了頭的情形，卻常常見到，像捧腹大笑，掀髯狂笑，笑得彎腰流淚，咳嗽不止，笑得肚子痛，喘不過氣來，臉部抽筋，有人在餐桌上講笑話，聽的人忍俊不禁，被酒嗆的也有，大口噴飯的也有，萬一把飯弄進氣管和鼻腔去，麻煩雖不是大麻煩，那滋味不太好受倒是千眞萬確的。由此可見，笑是很難控制的，能控制的笑，便缺少了直率的成分。

我們每個人，都具有充分的笑的經驗，我們從嬰兒期，睡在搖籃裡的時候，便學會夢笑了，嬰兒睡夢中浮現的笑容，比初綻的花更美。民間相傳神仙世界中，有一個夢婆，是專門在嬰兒做夢的當口教他們怎樣笑的。一般說來，孩子們的笑，是純潔的、無邪的、天眞的，不像成人世界的笑，那樣的錯綜複雜，誠如一首詩所形容的：「在山泉水清，出山泉水濁」吧！

成人世界裡的笑，不論有多少種類，大體上，可以區分爲好的笑和不好的笑兩大類。像少男的窘笑，少女的羞笑，純情的甜笑，開心的大笑，似有還無的微笑，風情萬種的嬌笑，眉眼含春的媚笑，轉過身捂住嘴的偷笑，渾然忘情的酣笑，像春風拂人的淺笑，道似無情卻有情的回眸一笑（唐伯虎遇上秋香，秋香就是這麼笑法的），笑斷肚腸、笑得歇斯底里的狂笑，斯文雅氣的莞爾之笑，眉飛色舞、盼顧生姿的得意之笑，兩眼微瞇、張口露齒，不知不覺的笑，一切盡在不言中的謎笑，傾國傾城的色笑，原始樂天的笑（大肚彌陀的專利商標），無緣無故的人笑我也笑，直楞登的傻笑，驚訝之後自我安慰和補償的笑，心裡雖不想笑，但拘於禮儀，不得不笑的湊分子笑，硬在臉上擠出來的乾笑……這些都算是比較好的，至少是於人無害的笑。

如果像不懷好意的恨笑，咬牙切齒的痛笑，長歌當哭的慘笑，神祕莫測的陰笑，揶揄人使人難堪的嘲笑，以他人悲苦爲樂的冷笑（講人壞話之前的序曲），油頭滑腦的奸笑，一笑就要殺人的獰笑（魔王式的笑法），皮笑肉不笑的假笑（貓哭耗子恐怕是哭和笑摻混在一道的），滿臉色瞇瞇的慾笑（近似獰笑，目的較爲單一），鼻孔嗯哼的蕩笑（像搖動落魂鈴焉），撒嬌撒癡的賴笑，冷熱不定、眞假不分的刁笑，眼睛鼻涕一起出籠的悲笑，無可奈何的苦笑，孤獨酸辛的凄凄笑……這些笑，應算是不好的笑，絕不是當年孩提時代夢婆婆教的那種笑了。這些笑，摻混了太多人性的雜質，把怒、恨、妒、樂、苦、悲、哀、淒、嘲、慾，都加了進去，使笑成爲幌子而已。除非你是在舞台、銀幕，或螢光幕上時常亮相的演員，或是日後有志於戲劇表演行業，但願這些不好的笑不要光顧到你的頭上，弄不好不是身敗名裂，遭遇悽慘，就是人人痛恨，遺臭萬年呢！不信麼？歷史上的暴君之笑，虎狼之笑，甚至妲己褒姒之笑，所造成的痛苦，比捲地而來的哀哭更可怖得多，因爲人在哀哭時，心總是軟而善良的，笑則不然，古代暴君尼羅在縱火焚燒羅馬城時，不是笑著的麼？

在林林總總的笑裡，有單獨的笑（和獨唱相似），有相對的笑（和兩人對口唱相似），有群笑（多人混聲合唱），有無聲的笑，像笑容、笑意、笑顏等，笑則笑矣，未必有聲也，另外就是有聲的笑了。

提到笑聲，可眞是洋洋大觀，有些尖聲的銳笑，具有高八度的音階，像新的刀片般的劃人耳朵。有些蒼老的笑，既寬廣又平和，有一股溫炙人的力量，有些笑串成一長串，像放連珠炮，打機關槍，有些人笑得異常低沉，像老蛤蟆吞了鹽，有些笑聲乾乾的，無情無韻，祇是仰臉朝天，打兩聲空空洞洞的哈哈，有些笑是單純的，笑聲很統一，有些笑綜合了多種不同的情緒，笑聲便起了曲折和變奏，絕不只是嘻嘻哈哈了，人們形容一會兒哭，一會兒鬧，一會兒又咧開嘴來笑，大概就指這種怪異的變奏體的笑吧！

人們用文字記載各類的笑聲，像洪洪、哄哄、哈哈、嘿嘿、呵呵、嗨嗨、嘻嘻、吃吃、嗬嗬、噗嗤、霍霍、呼呼、吭吭、咕嚕咕嚕、吉咯吉咯……看來好像很多，實際上絕不止此，同樣的笑聲，音的高低不同，內發的情緒不同、神態不同，意韻和給人的感受也就有了很大的參差啦，於是除了笑聲外，另加許多形容，像淒美的、甜蜜的、怡然的、蒼老的、稚嫩的、活潑的、明快的、爽朗的、陰沉的、冷冷的、熱情的、媚惑的、酸苦的、悲慘的、瘋狂的、沉醉的、碎心的、空洞的，把笑聲形象化、立體化起來，這還不夠，再加上像什麼，比如像春花初綻啦、百合花開啦（不信你看徐訏的《風蕭蕭》），像洪鐘般敲響啦，像刀片劃玻璃啦，像一串銀鈴啦（為何不用銅鈴鐵鈴，百思不解），像噎住啦，像喝了熱湯啦，像喝白開水啦……太多太多，簡直不勝枚舉啦！

你有過笑的歷史和經驗，你是常展露哪一型的笑呢？我前半生是個苦人，但在戰亂歲月裡，卻也留下不少的笑聲。我臉上常留著一種無聲的笑，其實是內在多種情感和情緒的大拼盤，一點兒酸苦，一點兒寂寞，一點兒憂憤，一點兒慰安，一點兒關切和同情……由於常那麼笑著，使我臉上的皺紋也跟著固定化起來。有一次，我去理髮店理髮刮鬍子，鬍膏抹在嘴角上，理髮小姐卻遲遲不下刀，我說：「咦！妳怎麼不刮呀？」她說：「你一直在笑，我怎麼刮你的鬍子呀？」我想一想，便笑得前仰後合，事後想想，她的話倒頗富哲理，俗說：光棍不打笑臉人（嘲笑、蔑笑、訕笑、恥笑在外），你如果笑臉迎人，你的上司一樣不會刮你的鬍子呢，如果你還沒結婚，三笑姻緣絕不是傳奇，很多友情和愛情，都是從笑裡來的，祇要我們摒除那些粗惡的笑，人生便眞的花團錦簇了。

哭的藝術

也許有人會指著這題目罵我，說是老古人說過：人不傷心不掉淚，哭是一宗痛苦的事兒，還有什麼藝術可言？我得先承認，我這一輩子很少認眞的哭過，鼻一酸，兩眼一濕，甚至流出幾滴眼淚，嚴格說來，簡直談不上是哭，當然也就找不出什麼藝術成分來啦，我連哭都不會哭，對哭的藝術完全是門外漢，乾著兩隻眼眶談哭經，恐怕也衹是隔靴搔癢而已。

太幼小的時候，自己是怎樣哭過，恐怕任是誰也記不得了，也許父母和長輩，會在無意中吐述出一些，並且把它當成笑料來談論，拋開嬰兒期那種家常便飯式的啼哭不談，據說我小時候的幾場哭，都不是眞正傷心動情的哭，而是把它當成追求某種滿足的、蠻橫無理的嚎鬧。一次是在進城的時候，吵著要買一套武俠連環圖，書攤子敲大人的竹槓，硬索銀洋二十元，家人不肯買給我，上了黃包車，我就扯開喉嚨大嚎四十華里，眞是嚎得聲嘶力竭，大有古人哭秦廷的意味。一次是家人帶我赴宴，我嚷著非要坐首席不可，在座的尊長不願與小兒一般見識，同意禮讓了，我用一塊搓衣板橫擔在太師椅背上，眼淚沒乾就笑得像猴兒似的，等一會上菜了，頭道菜是「素雞」，我一嘗，味道極好，便把盤子拖到面前，用手擋住四方來的筷子，大叫：拿柳條來，我要串了帶回家吃。結果嘴巴貪饞害了屁股，我整整哭了一天，眞個是哭到傷心淚盡，嚎鬧的原因，不過是為了幾塊素雞而已。諸如此類的哭，講多了自己都會臉紅，事後品味，嚎鬧不算哭，根本沒有藝術。

逐漸長大一些之後，我發現所有的男人儘管會哭，但都哭得不夠藝術，有的男人拉長苦臉，哭得非常難看，有的跺腳搥胸，好像要找誰拚命，哭的本身都被強烈的動作掩蓋了，男人一哭過火，便失去了哭的韻味感和節奏感，抽搐連連，間露粗魯的嚎腔，有時像捱刀的豬吼，有時像整吞煮雞蛋，噎得倒著啜泣，他們本身儘管傷心，但無法傳達出來，感染給別人。

而女人不同，尤其是古老年代的那些傳統女性，她們才眞是哭的藝術家，能把人世間無數不同的慘切哀悽的美，以不同的哭表露無遺。

就社會學的觀點來看，也許早期北方的農業社會，教育不普及，一般婦女在體力勞動上不及男性，又缺少其他獨立謀生的技能，加之迷信的宿命觀根深柢固，扛著一些世代衍傳的古人的話生活著，像：父死從夫，夫死從子，這就是女人自比為蔓藤，一生都要依靠男人過活，俗話又說：丈夫就是頭頂上的一塊天，死了丈夫塌了天。她們的婚姻觀大都是一竿子到底，連和丈夫鬥嘴時也會說出：生是你家的人，死是你家的鬼，也就是說，像一服狗皮膏藥貼定你了。這樣的婦女，一旦遇上喪夫失子之痛，除了哭，還會有什麼路走？就算其中有些比較笨拙些的，本身不太會哭，但生長在那種哭的環境，自小常見旁人哭，學也學會了。

我不知道在戲劇裡，把哭分成多少種類？像呼天搶地的狂號，披髮而奔的瘋哭，雙目盡赤的血泣，傷心欲絕的痛哭，娓述無休的醉哭，此起彼落的群哭（有如合唱者焉），斷續無定的啜泣，落淚無聲的默泣，有聲無淚的乾嚎，邊哭邊唱的哭吟（無以名之，祇有使用哭吟新詞，方可形容），轉身落淚的偷哭，幽房嗚咽如鬼哭的獨泣，敞開嗓門，旁若無人的酣哭，喜極而泣的樂哭，恐怖惶亂的驚哭，邊哭邊罵的恨哭，邊哭邊吐述的哭述，頭一低，眼一紅，淚光一閃，像短而含蓄的抒情詩般小哭，充滿小兒女的纏綿……此外，像真哭、假哭、濃哭、淡哭、長哭、短哭、傷心的哭、笑意的哭、狐媚的哭、哭給別人聽的哭、哭給鬼魂聽的哭、哭給自已聽的哭，那眞是五花八門，不一而足，我想，假如有心的音樂家，能記下這些不同種類的哭譜來，它的價值是可以肯定的。

現在的社會結構改變了，無論男女都有普受教育的機會和獨立工作的能力，男女平等的觀念已逐漸確立，社會上的人，似乎是笑得多，哭得少，即使遇上生死離別之類的事，哀痛難免，但也很少天崩地塌般的感受了。這是社會的進步，人的適應能力的增強，使人們逐漸遠離了哀哭的世界，哭的藝術隨著時代的演進而式微，仔細想來，也是很自然的，值得人慶幸的事。

我自己雖然不太懂得哭，但總是在那片古老的哭泣世界裡長大的人，品嘗過別人痛哭流淚的生存滋味。各種有聲有色的哭泣，保存在我童年的記憶裡，至今仍是那麼強烈而鮮明。不知何時，我發現到當時許多鄉土小曲兒，甚至部分的謠歌，在音節、語詞和意韻上，都深受著哭泣藝術的影響，充滿悽楚哀沉，因為那時候的哭，多半是有豐富生活內容的，非僅是嗚嗚作聲和流淚而已，尤其是婦女們，她們叉開兩腿，跌坐在地，哭的時候，眼睛、鼻子、嘴和雙手，都異常忙碌，兩眼忙著流淚，鼻子也幫著滴淚，嘴巴要不停的數說怎麼長、怎麼短，兩隻手更分工合作，一隻手忙著抹眼淚、捏鼻涕，另一隻手來回抹著腳脖子，有時也配合哭腔去拍擊地面，好像唱歌打拍子一樣。

在婦女群中，哭泣的藝術和她們的教育程度多存相反的比例，也就是說，教育程度高的大家閨秀，反而不怎麼會哭，愈是無知無識、擁抱鄉土生存的婦人，愈是鮮活靈動。

通常，鄉野上的人們平常談話，都使用樸拙的生活語言，哭泣時吐出的話，更有著激烈、誠懇、生動的表現，在江淮地區，鄉土語彙十分豐廣，信口吐露出來，就有著極爲鮮活的情境。當然，哭的人祇管哭，永不會像藝術家那樣存心求取什麼，或是創造什麼，正因她們心無旁鶩，聽的人就不能不承認她們確實是創造了痛苦的悲劇藝術了。

在若干民間流行的俚俗小曲兒裡，有一些簡直是哭泣藝術的翻版，像「小寡婦上墳」、「嘆五更」、「煙花十嘆」、「十二月彈梅」……等等，怨啊，嘆啊，兩眼淚漣漣的，不是哭泣是什麼？不過，那些俚俗小曲兒，若和眞正的哭泣比較起來，就輕飄飄的微不足道了。就拿小寡婦哭墳來說吧，在陰陰欲雨的清明，四野有一種煙迷迷的濕潤，桃花在紅著，柔柳在綠著，青青的草色一直碧到天邊，小寡婦坐在新土初乾的墳墓前，那堆黃土下面，就埋著她陰陽永隔的良人，小倆口的日子，不論貧富，都曾有過一些些詩情畫意，在她記憶裡亮著，想到早先的魚情水情，忍不住鼻尖酸楚，原本水汪汪的黑眼裡，便噙滿了淚，怨啊：天沒心肝，地沒衷腸，眼裡所見的一草一木，都欣欣向榮的飽蘊春意，爲什麼單單妒我那一口子，要把他埋進三尺黃土呢？於是乎，一掌拍打著墳頭上，悠悠然的叫喚一聲：我的青天啦，皇天啊！便哭起來了。

「我的個青天㗎，你的心是鐵打的嗎？狠心來個大撒手，把我扔在世上受苦情啊！你這沒屁股眼兒的小死鬼，你是喝得醉裡馬虎的，一腳踏錯了陰陽界啊，怎不跟閻王老子說一聲，要他放你還陽轉世再爲人啊！皇天哪！你要回來帶我走啊，哪怕它地獄十八層，有一層我就去一層啊！我恁情去碰閻羅的冷面孔，也不願受那些狂蜂浪蝶亂欺凌啊！有人講我是桃花煞，有人說我是白虎星，媒婆常到我門前轉，還有幾個惡霸口口聲聲要搶親，我問你，我的哭告你在黃泉聽沒聽得清？有一天，我眞要被人給搶了去，我要罵你死鬼怎麼不顯靈啊……」

調子悠悠柔柔，酸酸楚楚的，紙灰黑蝶般的舞著，小寡婦坐在地上，上身搖晃著，彷彿是經不得風吹的弱柳，粉撲撲的臉被淚洗過，眞是梨花帶雨，連鼻涕帶眼淚的，捏來就朝鞋尖上抹，把鞋尖都抹濕了，而墳裡那個死鬼，彷彿耳眼塞滿驢毛，沒有半句回應，就讓孤零零小寡婦那般天荒地老的哭著，一直哭斜了日影……

有一夜，我在一個喪禮的靈堂裡，半醒半睡的蜷伏著，聽一個老婦人哭她嫁出去的女兒，哭女兒也兼帶罵無情無義的女婿，哭得既哀且憤，她哭說：

「女兒啊，爲娘心尖上的一塊肉啊，妳嫩皮嫩骨的心肝喲，我那小苦命的寶貝啊，狗肚裡還有四兩油啊，妳肚裡祇有苦水半黃盆啊，小沒良心的怎樣對待妳，妳在世咬著牙關忍，爲何死後也不吭聲哪?!大熱天，妳在竈屋裡披頭散髮的吹竈火，他在樹蔭乘涼抱西瓜，寒冬臘月裡，他穿著三毛皮袍子輕又暖啊，妳穿著翻彈的舊棉襖，在前胸後背漏黃油啊！小天殺的，吃喝嫖賭不算數，日日夜夜，屋裡還點著大煙燈啊！女人都是整頭腦瓜子，再怎麼勸妳就是也勸不聽，妳受盡折磨爲他死，他可從沒領過妳的情，爲娘若不趁此機會吐一吐，恐怕連閻王也弄不清啊……」

黑漆漆的長夜，老婦人瑣瑣碎碎、嘮嘮叨叨的，幾乎把她想得起來的事，都哭著對死去的女兒叮囑一番，她是想到哪裡哭到哪裡，完全是「意識流」的哭法，換是現代人，恐怕是哭不出來的，而她卻能從入夜一直哭到三更。

又有一次，在游擊區的刑場上，槍決了一個惡貫滿盈的漢奸，有個高大的少婦跑來哭他，後來才知那少婦是他生前強暴霸占，勒逼她跟他過日子的，那少婦到了刑場，並非撫屍痛哭，而是站著、跳著、踢著屍體，指著血西瓜般的開花腦袋，罵著哭的。

「哈哈！」她淚流滿面，發出神經質的笑聲來，作為哭嚎的引子，也許那就是長歌當哭吧，她哭那個暴力侵逼善良的時代，哭她自己忍辱偷生，用各種咒詛加給那個漢奸，她哭罵說：

「你這數典忘祖的邪皮貨，挨刀過鐵，頂槍子兒的賊忘八，我當你是銅頭鐵腦蓋呢，怎麼也有這一天？一槍打得你倒栽蔥，也讓你腦殼透涼風，你翹著屁股死，八輩子見不到太陽，陰山背後的黃風，吹得穿你的筋，透得過你的骨，你這生瘟害汗病，嘴上生疔瘡，毫沒心肝的強盜啊！死後上刀山，下油鍋，圓毛變扁毛，扁毛變鱗介，鱗介變螞蚱的畜生啊！你活埋我的親夫，氣殺我的婆母，硬逼我跟你同床共枕，你霸占我的人，占不了我的心，我從那天起，就在等你臨到這一刻啊！我罵的是你，哭的是我那原本好好的一……家……人啦……」

她哭到最後，兩眼紅腫得像核桃，也許是恨瘋了，竟然當衆伏下身去，扯開那屍體的下裳，一口咬掉那屍體的生殖器，啣著狂奔而去了。可笑麼，一點也不！那時代人毀人的悲慘，竟連弱女也會變得瘋狂，這又豈是生在太平歲月裡的人能夠深切體會的……我從那裡面走過來，使我的童年期被那許多哀哭聲魘成纏繞的噩夢，把它們和若干歷史上的亂世參照比映，我也該略略懂得如何哭泣了！有時，我看國產影片和電視劇，對演員們眼一眨就落淚的本事頗爲驚佩，但光是流淚還不能構成藝術，很多學問都蘊藏在眞實生活的境遇裡面，不信麼？孟姜女哭倒長城那種捨死忘生的哭，在邊風和應中直透過歷史的長廊，又豈是帶奶腥味的嗲嗓子能哭得出來的？

話又說回來，我對於當今軟性戀情中那種嬌啼，倒是頗爲企慕的；人越老，心越軟，一聲入耳，心便像牛奶糖般的融化了，也許沒曾經過的年輕的事物，都具有它特殊的引人之處吧？願爾後的歲月，把亂世的哭聲捲起來，那倒是人衷心期望的了。

——七十年元月十六日晨・台北市

看的藝術

人在幼小時刻，凡事都得學著點兒；牙牙學語，也得生了兩顆奶牙才行。祇有「看」是不用學的，兩眼初睜，世界便在眼前了，隨著時間流轉，一路看過來，這才逐漸發覺，人人眼裡都有九重天，單憑一眼望不到邊，如果不經潛心修練，那你只能在第一層當中打轉，臨老也祇是「鼠目寸光」，經常「門縫看人」——把「人給看扁了」，弄得「悔恨交加」、「死不瞑目」。

這第一層天，祇是心物未交的生理之眼，先天把你捏塑成什麼樣，它就是什麼樣，先從好的說起吧，說書人形容起來，總有些「道聽塗說」、「誇大其詞」，形容到古代帝王，老是「龍眉鳳目，神采奕奕」，形容大將，老是「目如閃電，神光逼人」，形容文臣，當然是「高瞻遠矚，洞燭機先」，形容男人之俊，用的是「眉分八采，目似朗星」，形容女人之美，說她：「眉如春山含黛，眼似秋水揚波」，形容英雄豪傑，那就有點兒立體造型啦，比如楚霸王是：「雙目重瞳」，關公是「丹鳳眼，臥蠶眉」，張飛是「眉如掃帚，眼似銅鈴」，林沖是「豹頭環眼」，但這些形容，還是太古典了些。換個牙尖舌利的媒婆來形容，便說男方「五官端正，鼻是鼻，眼是眼的」，說女方，「彎彎細細的眉毛，一雙水汪汪的大眼，雙眼股（皮）長睫毛，美著啦！」

可見眼睛的形狀，是很被人看得重的，人生了一雙眼，人人都知是看世界用的，古代相書，也像現代西醫分科一樣，專列上眼科這一門，它講是「七竅互通，心眼相連」，主張「看人先看眼，眼正心正，眼斜心斜」，並且把眼分成許多類型，比如說：「烏龜眼」，「綠豆眼」，「老鼠眼」，「狐狸眼」，「老花眼」，「母豬眼」，「三角眼」，「翻白眼」，「狗眼」，「牛卵眼」，「青花眼」，「貓眼」，「杏子眼」，等等不一，但有些人胎裡帶的殘疾，比如說：歪鼻斜眼，「近視眼」，鬥雞眼，瞳孔異常，或是一隻眼大，一隻眼小，那就要「另案辦理」，「另眼相看」了。

同樣用一雙眼看世界，看的形狀，看的意味，卻大不相同，按古人發明的字來說，「看」，這麼一個字，到頭來「變化萬千」，令人「嘆爲觀止」，你能說古人「頭腦簡單」嗎？

下對上看，叫「謁見」，叫「仰瞻」，叫「覲見」，上對下看，叫「俯察」，叫「垂顧」，叫「校閱」，叫「巡視」，「巡察」，把低聲下氣和趾高氣揚的各樣嘴臉，表露無遺。

一般形容「看」，用「視」，用「觀」，用「瞧」，用「矚」，用「望」，用「睹」，用「瞪」，用「睜」這些字眼，粗略說來，都是「正經八百」的「正眼」看法，祇是遠近高低，深淺巨細，有些不同，比如：「視」，是認眞用力看，像「透視」，「細察」；「觀」，則是「自在逍遙」的看，諸葛亮在戲台上唱：「我正在城樓『觀』山景，」「走馬觀花」，「旁觀者清」，「嘆爲觀止」，「眼觀心照」，這都帶些欣賞的味道，外物和自身多點兒距離。而「瞧」，就多一份好奇，探究的味道在內了，比方「瞧熱鬧」，「賣呆」，「看呆」，「騎驢看唱本——咱們走著瞧。」具有；「你等著試試」的餘意。「矚」和「望」的視界較寬廣，像「高瞻遠矚」，「遙望山河」；「瞪」和「睜」，是找到看的對象，認眞的看，而且氣氛不怎麼對勁，比如：驚詫，駭怪，賭氣等等。人如果都用「正眼」看世界，這世界理性固然較高，但也就感覺「意韻不足」，趣味缺缺了。

有些看法比較活潑靈動，比如說：「瞟」，「瞄」，「瞇」，「瞥」，「顧」，「眤」，「眇」，「睞」，這些看法，是「側」看，「偷」看，「不經意」的看，「不太好意思」的看，「春情發動」的看，「道是無情卻有情」的看，甚至「回過頭去」看。初看祇是看，也許你眉來，我眼去的看下去，光影就大不相同啦。

古代家長們，不鼓勵孩子濫用這些看法看人，教他們當看的多看，不該看的少看，男孩子老瞇上眼，「擠眉弄眼」看女孩，難免「登徒紈袴」之譏，老頭這樣看，多是

「色狼」，「變態」，「心懷不軌」，「別有用心」。一個姑娘家，要是嗅著青梅，咬著指甲，臉頰紅暈流轉的「斜眄」著少年，難免「輕浮失態」，「不夠莊重」，勸而不改，早嫁爲妙。

改在現代來說，人到某種年齡，生理發育成熟，即使「偷」看也得看的，總得「看上了」，才會「循序漸進」，「由淺入深」，看不上，還它「兩粒白菓」，不會臨到「瞳仁互映」的程度，輕易的「垂青」。

一個人從開眼以來，看熱鬧，看風景，一路看下去，慢慢會發現，愈看愈增「見識」，愈多「閱歷」，便升了一層，覺得心是身的主帥，眼傳心意，祇是心意的先鋒，即使「心眼相連」，「七竅互通」，照樣是「一時未察」，「眼睜睜的受了騙」，「眼睜睜的上了當」，有的「選錯了行」，有的「嫁錯了郎」，雖不至「貽誤終生」，卻也「波瀾起伏」，自責「有眼無珠」，被人「魚目混珠」，「偷天換日」，成了「睜眼大瞎子」。其實，也不必如此怨尤，看走了眼，看錯了人的事，每人都有，祇是犯的錯大小深淺不同而已。這當口，看的藝術更是「戚戚於心」，自然「更上層樓」啦。

這第二層天，不但要懂得「自視」，還要懂得「自鑑」，做人嘛，「自重，自惜，自憐，自尊」都是必要的，但不能太注重「自我」，否則，「無知」，「狂妄」，「自大」，「偏頗」，「盲激」，「固執」，「愚昧」，「貪婪」諸種「惡德」，「紛沓而來」，心眼被堵塞住了，你仍祇是個「肉眼凡夫」而已。

所謂「鑑」，是要借來天眼，燭照本身，印證今古，擴大心胸，嚴於責己，這麼一來，你的眼中才有眞性靈，你的眼睛才不會「亂掃亂瞄」，「惹禍上身」，你才不會「橫眉怒目」，「氣沖斗牛」。

古人有些話，似是而非，不可輕信，比如說：「耳聞是虛，眼見是實」，「虛」與「實」兩個字，裡頭學問太大了，你得先問問自己：我的「眼界」夠不夠寬廣，我的「學養根基」夠不夠深厚？我的「人生境界」夠不夠宏遠？否則，你所見的「實」，也祇是「坐井觀天」，「瞎子摸象」。

在「情迷意亂」的年歲，祇懂得「用眼睛吃冰淇淋」，看人「耍猴子把戲」，看「五光十色的西洋景兒」，遇上好樣兒的，「色迷心竅」，「見牙不見眼」，再不然就是「驚爲天人」，來它個「一見如故」，「一見鍾情」，「立即來電」，弄到「互訂終生」。有朝一日，彼此「看穿了」，「看透了」，人生一台戲也將落幕了，弄成「翻臉不認人」，彼此「反目成仇，形同陌路」，那又「何苦來哉呢」!?

古人有些幫助我們建立「自鑑」的話，倒是值得聽信的，比如說：「人不可貌相，海水不可斗量。」這是要你「虛心探求」，不要過早「堅持己見」，單見皮相，不能深透內在，那是「看不準」的，古人講的「觀照」，是要「眼觀而心照」，加有「感情」這帖藥方在裡頭。你按方吃藥，就不會「有眼不識泰山」，不會「狗眼看人低」，不會「烏龜瞧菉豆——一見面就對了眼」，不會隨便和作奸犯科之輩「一個鼻眼通氣」，不會「有眼看人，沒眼見己」，也不會「靈魂出竅，眼珠掉出來都不知道撿」了。

有人形容「眼是靈魂之窗」，眞箇是絕妙好辭，現代醫學昌明，眼科之外，又有了「整型外科」，眉毛可以拔掉重栽，眼皮可以抽脂拉皮，眼睫毛可以裝假的，眼瞼可以開刀割出雙層的來，生理之眼整得再漂亮了，又有何用呢？你照樣會「目中無人」，「目無尊長」，「昏憒愚庸」，或者「自視甚高」，「自命不凡」，「自作主張」，「自討沒趣」，更或是「捨正趨邪」，弄成一雙「風流眼」，「色相畢露」、「媚眼頻拋」，生起氣來，「杏眼圓睜，柳眉倒豎」，「咬碎銀牙」又「手拎菜刀」，這麼一來，連老虎都會嚇得逃命，豈不失去「描眉畫眼」的初衷？

好了，算你有些「悟」性，能夠兼顧「眼前、身後」，看世界也懂得「分辨是非」、「明瞭黑白」，俗說：「左眼量尺寸、右眼看高低」，這也祇能說，你不致「眼高於頂」，凡事不致「視若無睹」，初步在滾滾紅塵中站隱腳步而已，你要有心，得要勉力去登第三層天。

這第三層天，要用「自鑑」後，「恢復清淨」的本質，結合人類文化歷史的內涵，凡事「揣酌天心」、「衡情達理」，更張醒「靈目」，「閱人歷世」，放開眼界，看「衆生猶我，我如眾生」，慢慢的，你便會「見微知著」，「明察秋毫」。我這個人，天生不是好材料，小時頑皮廢學，人家拎著耳朵教我一段孔子說過的話：「質而不文則野，文而不質則史，文質彬彬，然後君子。」這第三層「君子之天」，一直到我「醉眼矇矓」，「老眼昏花」，還是爬不上去，如果說：人生是一座山，這座山實在比聖母峰更難爬，更上層的，還有什麼「法慧」之天，「忘我之天」，「眞靈之天」，「玄玄之天」，「太極之天」，「無極之天」，（注：特別說明，這不是佛經上講的，是我亂編的。）橫豎大夥兒全上不去，管它什麼「大羅天」，你也甭再問我，那祇是「問道於盲」，我有過「砂眼」、「爛紅眼」，戴一副「有色眼鏡」看世界，「顚倒黑白」，「貽誤蒼生」，如今「目光渙散」，種種往事，早幻成「過眼雲煙」。早些年「憂國憂民」、「滿眶熱淚」、「兩眼冒煙」之餘，「沉淪酒國」，一不小心，把兩隻眼球掉落到酒杯裡去了。不過，我並不打算把它撿回眶裡去，人常說：「眼不見爲淨」，如今世上標榜「拳頭主義」，「上上下下」，「打砸成一片」，我是「人老體衰」，「眼不看，心不煩」，與其弄到「瞳孔放大，慘不忍睹」，還不如「閉目養神」，來得清淨，還請諸位「法眼君子」，「慧眼美人」，「觸景生情」，「放我一馬」算了。

——八十年五月十三日，台北市

想飛

某年高中升學基測作文題「想飛」，曾引起各方熱烈討論。老朽認為命題者見識超卓，意涵宏遠，對滿溢青春感的學子而言，確具鼓舞與激發作用，誠可謂「絕妙好題」也。

憶幼讀啓蒙課本，便誦及「人爲萬物之靈」，並謂「三才者，天地人，三光者，日月星」，一經誦讀便永生不忘。蓋天地萬物，多爲自然演化，唯有人類具有主動進化的本質，能在文化長河中，匯集「大我」的經驗，發爲再創造的力能，終克參天地之化育，煥發出文化的光輝。就生理結構言，人類力不如獅虎，奔不及野鹿和飛羚，實因不具飛天的翅膀，只能仰羨盤旋雲際的蒼鷹。但人類最可貴的，是靈動的頭腦和萬能的雙手，能將豐富的想像化爲實踐。

想飛，原就是人類自古以來最渴望的夢想之一，它所匯聚成的巨大「念力」，也即成爲文化創進的基本動力。如今社會上一句最習見的祝福語就是「心想事成」，但從想像到實踐完成，不知隔著多少挫折，多少艱辛。夢想與理想最大的差別，在於夢想是想而不做，夢夢而已，理想是眞有一以貫之的志向，即想即做，是不能至，也要盡力爲之，在我們民族文化中，古聖原勗勉後世，要推己及人，推人及物，要我們「及物之性而參天地之化育」。推己及人是重視人文的，推人及物則是重視科學的，可惜我們在教育上並沒達到「文武兼資，德術俱備」的境界，無怪乎有心人要以「想飛」爲題，使芸芸學子得在自省中儆醒了。

●

想飛的種子，早在人類的嬰兒期就種下了，隨著搖籃的擺盪，沐著眠歌的流水，嬰兒會在熟睡中展露出甜蜜的笑容。母親們總相信古老的傳說：生有雙翅的夢婆婆，飛到嬰兒床前，教會他們人生的初笑。

他們會夢見什麼呢？是母親圓如初月的臉，夢到無數飛舞的金花，在半空幻放著；是躺在碧海中的月船上，和群星相吻，還是在蜻蜓蝴蝶共舞的春庭中，抱著母親溫暖的臂彎……那些孩提時的「夢飛」，屬於玄奧的生命祕密，只有嬰兒自己知道。

到年齡較長的童稚期，在不知不覺中，汲飲了文化的乳汁，想飛的意念便更爲強烈了。由於兒童故事裡，有許多飛進月亮中的傳說，像「西王母踹月」、「嫦娥奔月」、

「唐明皇遊月宮」，以及衆多筆記小說中有道法的高人，他們都有飛空入月的能耐，那可都是小說家用精神的火箭，把他們送上去的。像中秋的月餅盒上，印有素色衣裙的嫦娥，以飛天的角度，飄然凌空，和現代火箭發射的角度完全一致，非但如此，還形容廣寒宮中，瓊樓玉宇，高處不勝寒，簡直把月球的溫度都測出來了！

說這些想像，全屬虛幻嗎？老朽的答案是：「非也！」文學原就是科學的命題師，人要飛到月球去，是想像式的命題，實際上怎樣飛上去，科學家得用事實作爲答案；以想像去導引實踐，誰曰不宜呢？

兒童的「夢飛」，大都由成年人渴切想飛導引出來的，許多遠古的圖騰上，都雕有許多能飛的動物，像行空的天馬，展翅的飛虎，盤旋的飛鷹，踏雲的飛狼，騰躍的飛狗，在天的飛龍……其中大部分都用到中世紀的軍旗上，藉以激勵部衆，要求行動敏捷如飛。一直到現在，「飛虎隊」的戰績，還爲人津津樂道；而「灰狗巴士」也還在世界各地飛馳。老朽憶及童年遊道宮，曾爲巨型壁畫所吸引，畫面上呈現出諸神會聚之都——天京，許多神仙聚在一起，有馭風的，有騰雲的，有跨鶴的，有乘鸞的，有騎龍的，這邊有騎青牛的老君，那邊有足踏風火輪的哪吒，一個個都栩栩如生，成爲孩童想飛的媒觸。

非但是「大羅天仙」、「逍遙散仙」有這種飛天的能耐，連小說裡的「劍俠」也都有飛行的法術，像聶隱娘、紅線女、崑崙奴、空空兒之流，一樣能縮地飛騰，瞬息百里，而且不需另生翅膀。傳說中更誇言有一種修練到某種程度的殭屍，名爲「飛殭」，能在滿月的夜晚，飛出來覓食夜啼的嬰兒呢。

實質言之，神仙也罷，劍俠也罷，飛殭也罷，都是人類渴切想飛意念的反射作用；人在生活中無時無刻不會見到各種飛禽和有翅的昆蟲，自然會有感於衷。傳說中最善飛的鳥類，首推大鵬，說牠一振翅就能飛行萬里，俗云：大鵬展翅恨天低。即使沒誰看見過那種鳥，但「鵬程萬里」的賀詞仍然舉世傳流著，預祝青年畢業離校，會有無限的前程。我們常見的巨型鳥類如大鵬、蒼鷹，牠們飛凌高空後，馭風盤旋，姿態極爲悠閒，使人不禁覺得：善飛者，當如是也！至於遷徙性的鳥類，像鴻雁和燕子，每年辛苦勞碌，南來北往，飛越大半個地球；甚至連看似柔弱的蝴蝶，也都能借助風勢，飄洋過海，看在沒有翅膀的人類眼中，焉有不夢想飛行之理？

在近代飛行器發展過程中，科學家早就展開對各種鳥類飛行原理的研究，可說是以鳥類爲師，配合大氣學、機械學、流體力學以及有關飛行的各單項科學，逐步邁向現代飛行的途徑。他們對於蝙蝠在密集空間飛行時絕少碰撞，對於蜂鳥在飛行時能夠靜止不動，或前後自如，特別感到興趣，甚至一隻蒼蠅的起飛和降落，都被許爲「完美的飛行」，可見西方科學界及物的態度，是多麼的審愼精密，單就飛行的實踐而言，我們不能不承認，近世紀歐陸高度的科技文明，是現代航空工業的實際推手。

隨著飛行器不斷的研發改進，將人類的世界推展到大宇宙的深處，相對的，也把地球縮小了，使各民族增加了文化交流的機會，有益於情感的交融。美國一位崇奉自然的散文大家梭羅，曾拋卻繁華，離群隱居於華爾騰湖畔多年，過著近乎原始的生活，他曾忠告那些執意追求外在世界的人，不要忘卻人類還有一塊最大的原野，那就是「心靈」。

不錯，在科學的版圖上，科學家們在克盡職責，從輕於空氣的飄浮物，如汽球汽艇，改進為重於空氣的動力飛行器，如不斷推陳出新的飛機，再到航空航天的巨型火箭。天文學、大氣學、外太空科學，突飛猛進的程度，誠使人嘆為觀止。但人類世界愈變得廣闊，人心中的黑洞也跟著變大了！眾多現代人的精神板塊一片荒蕪，久被遺忘，形成極不平衡的失調現象。

●

老朽「想飛」，卻先著重於內在的「靈飛」，也就是精神的飛翔。活在著重詩教的民族中，自己愚拙不會飛，就去讀那些會飛詩人的詩章，在眾多詩人當中，我特別欽服李白，因為他確實生有「靈飛」的翅膀。在〈月下獨酌〉詩中，他舉酒邀月，與月交歡共舞，最後與月約會，寫出「永結無情遊，相期邈雲漢」，無情遊者，乃不分爾我、與月合一的絕對宇宙思維，將精神飛入雲漢，是何等高潔的心胸。在〈廬山謠〉一詩的末段，他寫出：「早服還丹無世情，琴心三疊道初成，遙見仙人彩雲裡，手把芙蓉朝玉京，先期汗漫九垓上，願接盧敖遊太清」。「邈雲漢，九垓上，遊太清」都是靈飛天外的豪情，他的精神早已飛越銀河，無怪後世稱他為詩仙了！

晚李白七十一年出生的白居易，在敘事詩〈長恨歌〉中，描寫唐明皇晚歲，苦苦思念橫死馬嵬坡下的楊貴妃，徵方士尋覓其蹤跡的場景云：「排空馭氣奔如電，昇天入地求之遍，上窮碧落下黃泉，兩處茫茫皆不見」。奔如電簡直就是現代術語「同光速」，而且能貫穿三界，這種飛法，太引人入勝了。

和白居易同歲的詩人劉禹錫，在上溯黃河的舟程中，寫出：「九曲黃河萬里沙，浪淘風簸自天涯，於今直上黃河去，同到牽牛織女家」，好一個「同到牽牛織女家」，我在做孩子的時刻，就被它給迷翻了。在古老民間的傳說中，黃河的源頭直通天河，謠歌也曾唱出：「黃河之水天上來呀，奔流到海不復回」。人要真能直上天河，去探訪牛郎織女的家，是多麼美妙的臆想，難怪後世有詩說：「織女明星來枕上，乃知身不在人間」，想必這位詩人，也是被劉禹錫迷翻過的粉絲了！

由這些「靈飛」詩章的導引，中年後，更加接近老、莊，原是很自然的事。人曾活在天災人禍交浸的亂世，飽受水旱饑饉、瘟疫刀兵的劫難，僥倖留得殘軀，避秦海隅，誰料到「浮雲孤嶼隨潮變」，只落得「暮雨荒陵入夢寒」了。

深度研究老、莊的學者，多認爲老、莊在二千四百多年前，也正當大亂之世，卻都能明心見性，對絕對宇宙有如此全面深入的透察，並能將其本質與情境，表露得猶如目睹，即使時至今日，尖端科學的探索，仍不出其範圍，可見老、莊均已成道，方能做出最高等級的「神飛」。面對這種淵渟嶽峙、胸羅萬有的「神飛」人物，真是仰之彌高，視之彌深，雖不能至，心嚮往之。

受到道家思想的引領和詩人靈飛的激發，得益者非僅是民族後繼成員，就像東鄰日本，酷愛中華文化、擅於漢詩創作的作家夏目漱石，他體弱多病，長臥床榻，當他病危彌留，曾寫下一首感人欲淚的詩：

淋漓絳血腹中文，嘔照黃昏漾綺紋，
病裡不知身是骨，臥床如石夢寒雲。

和他相較，老朽顯然悟性不足，雖偶羨王維那種「松風吹解帶，山月照彈琴」的悠然自得，但於今仍深陷滾滾紅塵，修啄遍體鱗傷的翅膀呢！

●

在現代社會中，體悟靈飛旨趣的人，是越來越少了。有些人花大錢搭火箭，要去外太空觀光；有些標新立異的公司，還準備出售月球土地。其實，我們地球人，本身就搭乘地球這個巨型的太空載具，日夕無休的繞日飛行，而且是終生免費的太空客。我們的精神，可通過感悟，隨意進出「時光隧道」，讀唐心就在唐，讀漢心就在漢，時時與古人俱，風簷展卷之樂，何嘗不是靈魂的飛翔？

俗說：「人上一百，形形色色。」又說：「人吃五穀雜糧，難免疾病災殃。」人人頭上一塊天，有著變化萬千的不同遭際。老朽早年親眼見過若干吸食正牌毒品的人，從鴉片、白粉到打嗎啡針，戒毒時，痛苦得哀嚎慘叫，遍地打滾，有的還會爬到梁柱上，抖縮得像病猴，非得用鐵鍊把他們鎖住不可。於今毒品充斥，什麼紅中、白板、安公子和孫悟空、強力膠和大麻、搖頭丸和K他命……這些新時代的玩意兒，老朽從沒見過，只是早年讀大仲馬的《基度山恩仇記》時，他寫到基度山伯爵，在小島石洞中宴客，飯後曾請客人吸食一種粉狀物，正是當時產於印度的特等「大麻精」，它的毒性雖遠不及嗎啡，但因特殊的麻醉作用，使人食後產生幻覺，恰如長出了老鷹的翅膀，騰雲駕霧般的飛翔再飛翔……基度山伯爵只是小說家所創造的人物，但我懷疑大仲馬本身就曾嘗過大痲的滋味，要不然，怎麼把那種幻覺刻繪得那般細緻？

我們不妨把吸食毒品後的飛稱作「幻飛」。不顧身心戕害而愈陷愈深，於今迷溺幻飛的人比比皆是，往往是吸食容易戒絕難，那是一種精神的鹽酸，會逐漸剝蝕人面對現實的勇氣。老朽無法苛責藉「幻飛」逃世的人，因老朽本是菸鬼和酒鬼，每天煉丹、哈草、猛灌黃湯也，最近總算不再「飛觴醉月」，把老酒戒掉，那倒不是基於什麼道德理由，而是覺得「醉飛」浪費稿紙——總是把字寫到格子外邊，看上去像開車撞上安全島，有些老生怕怕而已。

另一種情非得已的飛，應該稱爲「驚飛」。人在生死俄頃，受到極大驚嚇，駭懼萬分那一霎間，比如在萬丈懸崖邊不愼失足，在洶濤怒海中突然崩舟，或是高空飛行時飛機失事，絕大多數的人都會嚇得魂飛魄散，屎滾尿流，心膽俱裂，就生理學言之，根本處於靈魂出竅的虛脫狀態。凡是有過這種「驚飛」經驗的人，即使倖獲生還，也會留下嚴重的後遺症，如：失憶、失語、歇斯底里或無端驚怖等等。若是遇上自然的劫難，充其量只能歸諸個人的劫數，在數難逃，死於「非命」。哪怕是再高明的命理師，能演算出「常命」，但對「非命」之數，也只能隱約預感，無法確定預告也。

倘若是出於人類暴力，挾持無辜善良，造成完全違反人道的人爲災劫，那就深值議論和探討了。歷史上的黃巢、李闖、張獻忠，受到萬世口誅筆伐，因他們殺人如痲的行徑，根本都是「非人」的所爲，歐陸的暴君尼祿和近世的希特勒等，也都是些殘暴的魔王。

和「驚飛」可相比映的，或可稱爲「病飛」。很多神衰體弱的人，疾病纏身，像有妄想症的患者，成日成夜多在妄想中飛行，有心臟病的患者，不乏死去活來的飛行經驗，重傷昏迷者，也有同樣的經歷。當他們從沉迷中醒轉時，會娓娓道出所見的光景，其中大多數自言見到眩目的光芒，他們便開始向光中飛翔，他們的衣物一件件的脫落，沒有累贅，沒有重量，感到無比的輕鬆，有的還坐在半空的吊燈上，看到親友圍繞在自己的身體旁，不斷的呼叫。當他們被鎖鍊般的哀泣聲拖住時，衣物又加回他們身體上，越來越沉重了。等他們睜開眼，回到人間，才發現病還是病，痛還是痛，飛天的快樂消失了，換來的是驚愕和迷茫。一位經常發高燒而陷入昏迷的病家，曾形容他在高燒時自覺變成一支羽箭，在漫天昏黑中疾飛而前，每碰到一種阻擋，便轟然迸裂，好像腦袋撞上鐵牆一樣，飛翔和撞擊反覆輪替著，腦中滿是風聲和雷聲……

近年報載在大陸雷州，一位老婦人在醫院死亡，經醫檢驗確定，送進冰凍的停屍間，她唯一的兒子出門辦事，兩天後得信趕回來，跑去領屍埋葬，打開停屍間的門，赫然發現老媽坐在供桌前，把供物都吃光了。記者問她有何感覺，她答說：「我夢到又冷又餓，只好爬出來找東西吃，要是沒有這桌供物，我早就餓死了！這鐵門關得緊緊的，飛也飛不出，兒子若不及時趕來，凍也把我凍死了哩！」

死亡，在一般人的意識裡，總是一宗比較恐懼的事，貪生怕死原是人之常情，但經歷過「病飛」的人，反而樂於把死亡當成一種歸屬，並不覺得有何痛苦和困難。一位醫界人士形容，死亡的痛苦，最多等於拿掉一顆牙齒，只消一聲喀嚓就完成了，至於在睡夢中辭世的人，算得上是有福豪華型的，連那一聲喀嚓也免掉啦！

有一些死亡是在極度歡樂中完成的，那不同於「病飛」，而應稱爲「樂飛」。養生學家常勸告人，人可「恆樂」而要深戒「極樂」，唯恐樂過了頭，變成「樂極生悲」。但這種勸告，很多人都聽不進耳的，有人認爲：人活在世上，財又不貪，色又不沾，只求「快活」兩個字，快活就是「爽」！飆車族風馳電掣，只圖那種速度感，狂舞族嗑藥狂舞，日以繼夜，只圖享受那種搖滾飛騰；多年前，世界少棒賽決賽，中華對美西，一直被美西壓著打，最後一局下，中華小將大棒一揮，撈成再見全壘打，一位老翁遠隔重洋，坐在電視機前觀賞，當小白球飛出全壘打牆時，老翁就雙手捧心掛掉了！一臉笑意替生命畫下完美的句點。一位高齡的老太太和老友雀戰，她做出一副罕見的大滿貫牌，門清，不求，清一色，雙龍抱，獨聽卡五餅，竟然自摸到了，她推開牌，盪出三聲哈哈哈，喊一聲：「妳們看！」話剛喊完，她把頭一歪，就用那副牌當成她的極樂枕，走了！

也甭羨慕他們這種樂飛，那可比中大樂透的機率更少，並非人人能夠輪得到的。

●

最後一種飛，帶有極深的魔性，姑且稱之為「狂飛」，像小人乍富的人，雞犬昇天的人，狼心狗肺的人，倚權作勢的人，陰險奸詐的人，爭名奪利的人，大權在握而毫無文化教養的人……一旦從糠籮跳入米籮，就會耍盡奸狡，費盡心機，用盡權謀，師心自用，猛樂狂歡。古諺有云：「獨樂樂莫如衆樂樂。」此輩只講求獨自「狂飛」，哪還會把窮民百姓看在眼中。小人乍富，窮抓猛撈，陰險奸詐的人，像川劇中的角色，不斷變臉，不變的是唯利是圖的本旨，說來都是危害社會的蠹蟲，獨攬大權的人，自以為是，目空四海，走起路來都自覺是在飛著，一味講求獨自狂飛，哪還顧得千百小民投水和燒炭？面對天昏地暗、群魔亂舞的社會，卻又無處可遁，無地可隱，真箇是：人間何處覓桃源？老朽真想重回孩提時代，展開夢的翅膀脫出茫茫苦海，遠離滾滾紅塵，飛呀！飛呀！把世間的一切記憶扔開，飛向自然的遺忘。

消痰「話」氣

天地之間有大氣層，大氣層裡充滿無數不同的氣體，人類多生其中，呼吸空間便成爲必要的生存條件，每個人的身體都是活氣囊自不待言，古人說：「三寸氣在千般用，一旦無常萬事休。」可見這口氣實在是人的命根子，一旦翻眼嚥氣，垂頭斷氣，人也就下台鞠躬，沒啥好玩的了。

人靠呼吸氧氣生存，三歲孩子都知道，萬一吸錯了氣，乖隆冬，那可不是耍子，不信邪你扭開瓦斯開關試試，一會兒工夫，包管你的臉變成紫皮茄子。人明知離不得空氣，卻又製造大量有毒的廢氣，把本來乾淨的大氣，弄得烏煙瘴氣。看到危機嚴重了，才又大聲疾呼要消除空氣汙染，淨化大氣層，要不然，人類全會像自己跳上岸的魚，躺在那兒曬鱗。

人是一口氣，佛是一爐香，這只是開宗明義的說法，眞的談起氣來，實在是人生的一門大學問，不是我這笨腦瓜子能裝得了的，我只能說說閒話而已。

人活著，雖同樣保有一口氣，但依各人的人生觀念和本身修為，氣與氣就相差不可以道里計了。有的人養成天地之正氣，像文天祥〈正氣歌〉裡所形容的「於人曰浩然，沛乎塞蒼冥」。有人養出一股仙氣，眞是仙風道骨，履不沾塵。有人養出一股俠氣，英姿勃發，劍膽琴心。有人養出一股靈氣，如雨濯春山，浮雲出岫。有人養出一股清氣，靈秀超逸，吐屬不凡。有人養出一股勇氣，雖千萬人吾往矣！此外，像斯文雅氣、盎然生氣、蓬勃朝氣、十分透氣、粗壯豪氣、文化氣和書卷氣、英烈氣、雄昂氣、平心靜氣、順心順氣……這些氣就等於新鮮的氧氣，可以滋潤人生，成就生命，一個人能具有一樣，就算是大有修為，大有福氣了。

咱們中國講究外王內聖，激勉每個人都要從窮理研幾、克己修身做起，然後再推己及人，推人及物，這套道理文乎文乎的不易懂，即使懂了也不容易消化。實在說，寓理帥氣，才是入門工夫，直截了當的說，就是教人學會練氣、養氣、調氣、順氣，甚至「換」氣——變化氣質豈不是換氣乎？

咱們看看植物吧，白天吐氧吸碳，夜來吐碳吸氧，那叫大自然的光合作用，其實就是換氣。植物都會換氣，生為萬物之靈的人類自然應該也能；若是明知可為而不為，那麼，這一口就會像孫悟空在妖怪肚子裡揮拳踢腿翻觔斗，整得你痛苦不堪了。

不信麼？遇事你忍不住氣，沉不住氣，又毫無勇氣，缺少膽氣，那只好低聲下氣，吞聲忍氣，唉聲嘆氣、慪氣、受氣，背地裡抱著腦袋窮生悶氣了。

如果你不讀書養氣，寓理帥氣，你就會被氣牽著鼻子走，弄得滿身酒色財氣，溢出臭烘烘、溫毒毒的濁氣，說出話來，帶一股屁氣，別人勸你，你不服氣，還血氣湧動的亂發脾氣；過後想想，又缺氣、洩氣，像皮球走氣，只好跟自己嘔氣。

人有什麼樣的氣，就有什麼樣的人生。老古人看人就是在看氣，比如說：氣壯山河，氣貫長虹，氣吞河嶽，氣沖斗牛，氣勢懾人，氣概非凡，氣宇軒昂，正氣凜然，這些都是會使人望之起敬的氣。如果一個人心浮氣躁，霸氣十足，神氣活現，氣狹量淺，氣勢洶洶，盛氣凌人，沒志氣，不爭氣，上氣不接下氣，妖裡妖氣，騷裡騷氣，嬌裡嬌氣，一肚子怨氣，陰陽怪氣，上打飽嗝下打屁——兩頭出氣，旁人遇上你，只能自認晦氣。誰還願意和你一個鼻孔出氣呢？

再朝深處捉摸，所謂氣魄，是氣與神合，給人雄渾的感覺。所謂氣勢，是氣與力合，給人豪壯的感覺。所謂氣宇，是氣與貌合，給人軒昂的感覺。所謂氣概，是氣與形合，給人非凡的感覺，那全和一個人的品格、學養、胸襟、懷抱有關，不是一朝一夕就能融入生命的。

一個人運這一口氣，要能剛能柔，能屈能伸，太多了不好，太少了也不成。氣太多，好像輪胎充氣充過了頭，容易爆掉，像血氣方剛、血壓過高，奔湧如濤或是直線上升，不是找人拚鬥就是腦充血，結果都很可怕；李小龍練就一副銅筋鐵骨又如何，照樣把氣給玩斷了也。有些氣盛的人行功，岔了氣，走火入魔，豈不是悔之晚矣？氣太少呢，多半是洩掉了、漏掉了、冒掉了，弄得血氣兩虛，毛髮盡脫，暮氣沉沉，弱不禁風，動一動就喘不過氣，少不得是英雄氣短，聲嘶力竭，氣若游絲，奄奄一息，只好三兩日的吊著玩，連賭賭運氣的機會都沒了。

就算你的氣不多不少，不能運用自如也屬枉然。應該一鼓作氣的時候你倒抽冷氣，應該和和氣氣的時候你負氣出走；有了幾文臭錢，你就財大氣粗，略一勞動，你就氣喘如牛；對人學不會氣寬量大，一味小里巴氣，說起話來，既不通氣又不透氣。你低下頭認眞想想，氣悶、氣惱、氣恨，還不怎麼地，說不定會氣暈、氣結、氣死啦！

一個人氣死掉事小，一大群人組成的社會可就茲事體大，得心平氣和，心定神安，坐下來好好的討論討論。古早的開蒙課本上，就有空氣流動便成爲風的說法，當時只把它看成自然之氣，其實人氣所匯，一樣蔚成風氣；如果這個社會，清氣多，濁氣少，社會必然安樂祥和；如果這個社會，人心裡留著許多的怨氣、妖氣、怪氣、戾氣，到處都是血腥氣、刀劍氣、銅臭氣、迂腐氣，百般的邪氣，不注意及時丕變風氣，那可就要我來爲文打氣了。

有人說，精、氣、神要練到三者合一，這個人才具有充沛的元氣。道家的龜息吐納雖是正統的養氣工夫，但只養的是生理之氣，把精氣、神氣提練歸一，如想更上層樓，去練「此氣所磅礴，凜烈萬古存」的精神之氣，冀求參天地之化育，不負此生，那得要超高的智慧，如水的仁懷，堅定的信念，非常的定力，畢生去努力修爲了。

以醫學眼光來看一般人的生理之氣，從人的眼神、臉色、語音、脈象上，不難透察，因爲氣與心連，氣與貌合，氣與神交，經過望聞問切，雖不中亦不遠矣！有人氣長而溫厚，有人氣短而浮騰，高明的醫士不但能看出你的生理狀況，更能看出你的性格，甚至心意。拿眼神來說，一個人的心正，眸子正，心歪那就眼斜了，瞳弱氣必散，氣凝瞳必明；眼現紅絲，多半是方城鏖戰，剛下戰場，青筋凸露，必然有戾鬼迷心；兩眼滴溜打轉，分明心懷鬼胎，鼻翼翕張，一身都是狐氣。有人形容眼爲靈魂之窗，觀其位置，實乃天窗、氣窗也。

一般說來，氣由人體進進出出，經由口鼻、肛門。呼吸和打屁是其通型。像睡夢中打呼嚕，是喉頭、鼻孔加了活門，形成拉風箱作用而已。

氣由口中出而爲聲，名堂極多，說話、喊叫、吟哦、歌唱、鬨笑、嚎啕、呻吟、囈語、喃喃、嚷嚷、喧呶、喋喋、詛咒、譏誚、罵人、撒嬌、賣俏……無一不是。單以談話而言，就有千百種花樣。人類文明歎爲觀止，說穿了，只是在出有聲之氣耳！上對下，叫教誨、叫訓示；下對上，叫報告、叫叩稟、叫陳情、叫哀哀上告。上對下叫溫論、叫垂詢；下對上叫仰呈、叫伏乞。觀其文，不但聽其聲，連上下的那些嘴臉都活脫出來了，原來連出氣爲聲，也有那麼多的學問，儘管時至今日，免掉了許多繁文縟節，但尊卑長幼的秩序仍不可亂，呼氣之學，仍不得不學。

除了說話要中肯，不失其分外，叫喊、歌吟、歎息，也都名堂多多。你若在大庭廣衆之下鬼喊狼喝，尖聲嚎叫，伏地嚎啕，除非有特別使人見諒的理由，否則就是歇斯底里沉不住氣，極爲失禮了。即使你是白日放歌須縱酒的清狂之士，在山野放歌則可，在人多處放聲高唱，使人聽之猶疑驢吼，別人即使不講，你也未見光彩。至於歎氣，最好採用楊六郎坐宮院的歎法——自思自歎，從幽然歎息聲中獲些感悟，不失聰明；如果逢人便歎，長吁短歎，用你的苦水去潑得人滿頭滿臉，可是既倒胃又傷感情的。

拋開養氣不論，一個人至少要懂得調氣，把氣給調勻了、調順了，豈不是消痰化氣，不會再生氣、鬥氣、嘔氣、賭氣、負氣、大發脾氣啦。

發脾氣的可怕，從民間的言語裡可見一斑，像：氣煞老夫，氣死我也，七竅生煙，滿心冒火，踢跳狼嚎，指天罵地，肺都氣炸了，氣得一口水都喝不下，氣破了肚皮，氣得兩眼發黑；這全是跟自己過意不去，氣成這樣何苦來哉？

古時諸葛亮三氣周瑜，想必氣得很厲害，若不如此嚴重，周郎那個楞頭青，怎會捨得拋下美豔的小喬翻眼歸天呢；宋將牛皐氣死金兀朮，也有哇呀呀暴跳如雷的場面。如果說小說無稽，現代氣得心臟病發，氣得腦溢血而死的新聞也多得很，既然前車有鑑，咱們又何必步他們的後塵？趕緊抹抹胸、理理氣，暫息雷霆算了。

至於氣中帶有怨、惱、怒、恨，更是毀身奪命的玩意兒，千萬要不得。一旦你「怒從心上起，惡向膽邊生」，打算白刀子進、紅刀子出的時候，你的腦袋也準備開個天窗，透透氣了；很多道上人物、江湖好漢，不都是這樣挺屍伏法曬了老鳥的嗎？要做英雄，就要做眞英雄，做這種一槍斃命的短命英雄，只是當車的螳臂而已。

即使你是肝火旺熾，脾氣很大的人，偶爾按捺不住，也得略懂生氣的藝術，比如：你不氣，對方氣，這是氣人之氣。你氣他也氣，這叫兩方比氣。你氣他不氣，這是受人之氣。你不氣，他也不氣，這叫一團和氣。

所謂和氣，是人我交融之氣。客氣，是人多我少、存心禮讓之氣。霸氣，是鼻孔朝人、兩眼朝天，有我無人之氣。低聲下氣，是卑躬屈節、人呼你吸，有人無我之氣；當出氣筒，做受氣包，仰人鼻息。

從前聽過一個笑話，說有個草頭郎中，專門爲人治氣病的。有人患腹脹，肚子咕咕響，不斷打屁，屁臭而瘟，登門求診；草頭郎中開出藥方，是蘿蔔三斤。病家吃了蘿蔔，霍然而癒。又有人患反胃，經常打呃不止，登門求治；草頭郎中開出藥方，是黃豆三斤；病家吃了黃豆，也霍然而癒。有人患飢，肚子經常覺餓，登門求治；草頭郎中開出藥方，是黃豆一撮、蘿蔔一隻，湯圓兩粒同服；病家吃了，果然不餓了。怪而問之，草頭郎中笑說：「說穿了沒啥稀奇，我是治氣耳！病人腹脹愛打屁，是濁氣下降，蘿蔔是升氣之物，用它把氣朝上提一提，自然不再打屁了。打嗝的人是穢氣上升，黃豆是降氣的，用它把氣朝下拉一拉，自然不再打嗝了。你肚子餓，我用蘿蔔升氣，黃豆降氣，使兩粒湯圓在中間旋升旋降的打轉，你胃裡有東西，當然不會再餓了！」

現代的醫學發達，遠非草頭郎中可比，實在應該增設一科，名之曰「氣科」，專門治療人的疑難雜氣。我想，這是可行的，目前雖無氣科，但被人戲稱爲原子彈的氧氣瓶，不正在大行其道嗎？

一般說來，好的氣無需醫治，像正氣、仙氣、清氣、靈氣、氣輕質純，恆直現於人的頂際，一望而知。濟公和尚一拍頂光門，便現羅漢身，有三花罩頂，非氣若何？而邪氣、戾氣、濁氣、妖氣、怪氣、媚氣、酒色財氣，各類疑難雜氣，由於氣濁而雜，不能直接浮現，必須經過語言、行爲、動作釋放。像花言巧語，妖言惑眾，口吐惡聲，咬牙切齒，摩拳擦掌，喋喋不休，擠眉弄眼，神態妖嬈，醋勁大發……等等，都宜乎到氣科去掛號求醫也。

此間中藥鋪，如能研製消痰化氣丸一種，廣爲招徠，我相信一定門庭若市，因爲當前社會，氣科病患，實較B型肝炎更多，此時不治，日後皆有變成周瑜之虞也。

氣病不同於其他生理病症，它是可以自療的。熱望我們的社會，每人都能激濁揚清，滿懷正氣，那時個個都有了道行，排空御氣奔如電，神清氣爽，氣象萬千，豈不美哉！

輯二　生活的拼盤

稀世奇珍

造就一個生命的因素極多：人類歷史的進程，民族文化的無形浸潤，時空、環境、社會的諸種影響，甚至一個人的先天型格，都是比較重要的因素，尤其重要的是人與人的關係，包括親情、友誼、愛情、師道，以及有形無形的教育，它們帶給人的感動、啓迪、默化和鼓舞，均有著無比巨大的力量，一個極簡單的人生原理原則，一句出諸聖賢的言語，都能決定人的一生路向。

問題是：感情和理解是一回事，將內心感受所得化爲行爲又是一回事，這許多年來，在行爲生活上不斷端正我、責督我，影響我最深的人物，就是我敬愛有加的太座。古之有以史爲鑑以人爲鑑之說，她不但是一面顯微鏡，而且具有X光的透察功能，我的一言一行、一舉一動，全在她的透察之中。

她是個簡易的行爲眞理的奉行者，對是非黑白的思考和辨別，敏銳而肯定，甚至完全不受外界任何因素的影響，一旦做成決定，便斬釘截鐵，毫無旋迴餘地，對屬於她自身的事務，她是絕對果斷的，比如說：有人請託她辦某一件事情，能，她就說：能！不能，她就直截了當的說：不能。凡是她答應過的事，一定徹底辦到，凡是她拒絕的事，你就用盡千言萬語，她也絕不勉強應承。

這一點，是我嚮往多年，卻一直無法辦到的。我年輕時就熱情洋溢，常受人情牽累，犯上輕然諾的毛病，每每因說了話不能算數，得罪了朋友，事後追悔無及。和她在一起生活之後，對她的果斷德行，眞有高山仰止的敬佩感，譽她爲枕邊堯舜，當爲由衷讚語也。

她平素律己持家，並不多問外事，總抱著人不犯我我不犯人的態度，誰要是犯了她，她會據理力爭到底，在任何情形下都不妥協，這種俠女的風骨，如果太史公在世，《遊俠列傳》可能會多添一章了！通常所謂犯了她並非意指侵犯她個人，而是犯了她所認定的公理。比如有一回，一個觀光的外國佬選定一家蒼蠅亂飛的小吃店照相，店主人笑咪咪的爲上了鏡頭出了洋相而樂乎，我那太座動了火，指著那店主人的鼻子，義正詞嚴的數落他一頓，要他不要再爲國人丟臉。又有一回，她遇上一個上公車不排隊，爭占座位的中年男士，她一路上大聲指責，使對方面紅耳赤，無言以對，祇好提前溜下車了事。諸如此類在目前社會上一般視爲閒事的事，她不知管了多少，這種任俠之風，眞是愧煞鬚眉。

最記得有一回，我們帶著生急症的孩子，到某大醫院去掛急診，把孩子送到急診室的時候，發現另一張病床上，已先躺著一個爲失戀服毒的青年，陷於昏迷狀態，急等著救治，據陪同的一對夫妻說是：這青年姓潘，家住南部，他們和服毒者祇是房東房客的關係，他們發現潘姓青年服毒，立即叫車送院，躺在急診室的潘姓青年已等候兩個小時了，還沒見醫生來到，我那太座一聽，立刻去找醫院負責人，大聲責備他們毫無醫德，並且說：

「你們收了人家急診掛號費，就有立刻替服毒者急救的責任，爲什麼兩小時找不到醫生？老實說，這個人要是因你們的延誤而死，你們要負全部法律責任，打官司，我一定出庭作證！」

那間醫院原就理虧，我那太座直斥他們缺乏醫德，語言銳利又精采，許多去看病的旁聽者都覺得這眞是大快人心，迫得醫院硬抓出一個醫生來做緊急處理。她這樣的打抱不平，也許就救活了一條人命。如果說：救人一命，勝造七級浮屠，這些年來，她所造的浮屠，恐怕已使巴黎鐵塔也瞠乎其後了呢！

除了伸張正義、打抱不平，顯示出她剛正的一面，在扶傾濟難、助弱撫孤方面，她又顯出極爲關注的心胸，每天祇要從報刊上看到疾病困貧，亟需援助的不幸者，她就會把報紙剪下來，當我回家時告訴我，商量著用什麼樣的實際行動幫助他們最爲適合。這些年，她催促我和孩子們，用金錢、糧食和衣物直接坐車按址去濟助的事，不知有多少回了，她本著為善不欲人知的原則，從來不留下名字，她常常說：

「我們都是在抗戰的時候離開家鄉，到處流浪，過過很多苦日子的人，我常想到當年人家怎麼幫助我們，今天我們也應該盡力幫助別的人……這都是做人的本分。」

有時候，她盡這種本分還受欺騙。十多年前，一個寒冷陰濕的夜晚，我們上街購物，路過西門鬧區，在一處長廊下面，發現一個瘦弱的婦人，帶著一個三歲左右的女孩，向過路的行人討乞，那小女孩因過度睏倦，就躺在冰冷的水泥地上睡著了，她穿著那樣單薄，渾身蜷縮著，使人擔心這樣一定會凍壞身體。

「我們去買一床新棉被送給她們吧！」我那太座對我說：「另外再多給她們一些錢。」

我們改變了購物的計畫，跑去買了一床新棉被，又把多餘的錢，給了那個討乞的女人，勸她不要再留在長廊下的冷風裡討乞了，趕快包裹起小女孩回家。然後我們便又逛街，兩小時後，我那太座仍然惦記著那母女倆，堅持再回到長廊下去看看她們回家了沒有？誰知那女人仍在原地，小女孩仍睡在冷冰冰的水泥地上，我們給她包裹女孩的新棉被，她收藏起來了。這是很明顯的——她存心要用她那小女兒受凍的情狀，引發路人的同情心，尤有甚者，她臉上抹了黑灰，頭上蒙著青巾，裝成中年憔悴婦人的模樣，實際上她原是一個很年輕的女人。儘管如此，我那太太仍然寬諒了那個討乞的女人，因爲我們已經盡了心，也從不敢奢望從我們這點微薄的善行就能改變什麼，世界上的人心，本來就是複雜的。

一個極端剛正的人，同時又能具有廣闊的寬容，這些在在都從實際生活裡表現出來，這都是我所達不到的境界，她卻都自自然然的做到了。我和她相處半生，仔細體察她的言行舉止，比如說沉著、果敢、精密、細心，每一宗細小的事，都足以當成我生活中最高的典範，這可比我單單捧著書本去求取知識要實在得多，把她和書本對照去體悟，便成爲我的智慧之源。我覺得蘇格拉底的話應該修正了；因爲我那太座，並非是那麼潑悍的胭脂虎，我照樣領受了很多的生活哲學。

這些年來，我僅僅從她學習到一點皮毛，已經有終生享用不盡之感；若非我稟性愚頑，可能會更有修爲吧？這使我想到爲什麼世界上會有許多人偏愛古董了！我那多病的太座實在可媲美稀世奇珍，把玩愈久，愈覺得其可貴也。

養貓記

在文壇上，誰都知道朱西寧夫婦喜愛貓狗，不單是喜愛，還有一份悲憫的胸懷，他們經常拯救苦難的貓咪或是拴在香肉店內待宰的小狗，附近鄰居們知道他們有這種心腸，凡是見到野貓野狗就朝他們的門上送，連賣魚的也送給他們一隻貓。有人到朱家去後，形容他們宅裡狗毛亂飛，更有一種貓狗混合的特殊氣味，這和一般飼養寵物的情形又自不同了。說眞心話，我也一向喜歡貓和狗，我不得不佩服他們捨己而爲貓狗的勇氣。我的老婆被我養得病歪歪的，孩子也都是瘦排骨，在自顧不暇的景況中，哪還能飼養貓和狗呢？一年冬天，我們冒著冷雨出去吃消夜，在附近巷道的街燈下面，發現一隻餓得形銷骨立的小貓咪，渾身濕淋淋的，不停的打抖，見人走過，就發出哀切的叫聲，我大大的不忍心，輕喚了一聲，牠就一直跟隨著我們了，我老婆說：

「瞧吧，全是您惹的，牠跟上你，看你怎麼辦？我是發狠心不養貓狗的，我沒有精神伺候牠們，你們把牠們弄到屋裡來，不能按時餵飽牠們，更是一種虐待，愛不是光憑嘴說的啊！」

「是啊，是啊！」我說：「人都養不好，我不配養貓養狗，這樣好不好？妳看這隻貓快要餓死了，我們總不能見死不救吧——我把牠抱回去，餵牠一頓熱飯，以後就不管，好不好？」

「好嘛，」她說：「但必須提醒你，野貓野狗就是不能餵，一餵牠就不走，那時你又怎麼辦？」

「到那時再講吧。」我說。

我們在冬夜請那隻野貓吃了一頓晚餐，牠整整繞著我們的宅子哀叫四天，要不是遇上另一個過路的善心人把牠帶走，我眞不知該怎麼辦了。

這一回竟破例的收養了這隻黑花斑的母貓，連我也沒想得到。這隻貓初來時祇有四個月大，不知是被誰家遺棄的，大概在外面忍飢受餓流浪很久了，瘦得像一隻拖尾巴的老鼠，全身都是跳蚤，牠跳在我們的圍牆上叫喚，見著人影又迅速逃走，我那喜歡招惹小動物的老五，用食物引誘牠，第二天牠又來，老五把牠弄到屋裡，牠見著燈光和人，嚇得渾身發抖。

牠長得一點也不可愛，一身髒兮兮的，瘦得皮包骨頭，牠的毛色、神情，給人一種淒怖的感覺，老四說牠眞像巫婆變的，無論如何，牠極度飢餓是不爭的事實，我們還是餵飽了牠，把牠請了出去，但牠下定決心不走了，就賴在門口脫鞋的地方。

「那就暫時養著吧，」我老婆說，「母貓最養不得了，萬一懷了孕，一生一大窩，看你們怎麼辦？」

「不會，我可以找獸醫，幫牠動手術，或者讓牠先吃幾天飽飯，幫牠弄乾淨了，抱去送給朱西寧家。」

「你眞的會送？」

「當然是眞的，哪天見到西寧，我當面對他說。」

七哄八哄的，總算哄得她點了頭，這隻野貓總算被我們暫時收容進屋了。我女兒每天幫牠抓跳蚤，我們輪流拌飯餵牠，每個星期都替牠量體重，看看牠生長和發育的情形怎麼樣。我老婆主張養小動物不可過分嬌寵，要訓練牠們吃膾飯，訓練牠守規矩；但這隻貓咪野性猶存，你抱牠時一不小心，牠會咬你一口；牠用沙發當成磨爪子的地方，沒多久，我們的破沙發被牠弄得更不能看了。而且牠對食物挑剔的程度與日俱增，最初幾天牠還吃膾飯，後來要魚湯拌飯，再後來要吃魚乾拌飯，現在連魚也沒大興趣，喜歡魷魚、蝦米和雞腿，早晚還要吃兩小杯牛奶。

隨著日子過去，牠的體重逐漸增加到二．八公斤，毛色也顯得柔潤些，我們笑指牠到了青春發育期，醜貓也變漂亮了！

「嘿，你說牠漂亮，那就危險啦！」我老婆警告我說：「這附近的公貓，眼睛可比你尖得多，你再不把牠送去動手術，過不久，牠一定會生一大窩小貓，那不是麻煩透頂？」

「不會的，」我說：「春天早就過去啦，牠還這麼小，不解春情，哪隻公貓會揀上牠？牠要懷孕，也非到明年春天不可！」

「是你講的？萬一懷了怎麼辦？」

「當然是我講的！」我理直氣壯的說：「我說牠情竇沒開，牠就不會懷孕，不信，妳瞧著好了！」

這話說了不多久，我就發覺情況不怎麼對勁了，我們家的圍牆上，已經出現公貓的蹤跡，被我發現的一共是兩隻，一隻是青白斑紋的年輕公貓，另一隻是黃色虎斑的老公貓，牠們用一種奇特的曖昧的聲音叫喚著，使我們家這位貓小姐有些意亂情迷，豎起兩耳，蹲在牕台上朝外矚望，彷彿對那叫喚聲饒有興致。

糟！我心裡說：這小母貓動情了！想起我對老婆的保證，我不得不狠下心找到一根木棒，來它個棒打鴛鴦，但我拋出的木棒並不能有效的遏阻公貓的愛情攻勢，牠們夜以繼日像走馬燈般的繞住我的宅子打轉，好像不得手絕不甘休的樣子。夏天的貓會不會懷孕？我眞想去請教生物專家了！其實這是多餘的，有一天我因事出門一整天，一進門，我老婆就告訴我說：

「這可好，趁你一整天沒在家，色膽包天的公貓就把我們家的貓妞給勾引出去了，有沒有怎麼樣？我不知道，你看看牠了！」

有沒有怎麼樣？看是看不出來的，起碼在當時無法了解，看光景，祇有讓時間去證明它了！日子一天一天過去，小母貓的乳頭轉成桃紅色，我一看，十有八九是有了孕了，果然牠的肚皮跟著膨脹起來，渾身透出嬌慵懶散的味道，俗話形容家畜的懷孕期是：貓三、狗四、豬五、羊六……也就是說：貓咪從得孕起，三個月就要生小貓了。這期間，我和西寧兄碰過面，特別提起懷孕的小母貓來，我一再表示請他收養，他也很慷慨的答應了，不過我總覺得不好意思把待產的母貓立即送過去，盼能等牠生產之後，小貓滿月斷奶再說。

三個月時間不算長，但在我感覺裡眞夠長的，小母貓的肚皮被我們摸過來摸過去，有的孩子摸出牠胎動，有的肯定摸到四個貓頭，說牠一定會生四隻小貓。

「說得多鮮，你們的眼像X光似的！」做母親的沒好氣的說：「小母貓生小貓，我想到就頭痛了！」

爲了減輕她的頭痛，我徵求送貓的義勇軍，老三說他可以試試看，老四很篤定的說他可以送一隻，老五說送一隻絕無問題，他有個同學讀生物學系，送一隻給她研究研究。我說：「研究貓的生態可以，千萬不能解剖掉，坑害小生命的事，我們絕對不幹的。」

八月七日，我到雲林縣暑期營隊去授課，九號回來，我老婆笑著對我說：

「昨天是爸爸節，孩子們替老爸準備了一項特殊的禮物——一窩四隻小貓。」

接著，她描述七號上午小母貓生產的情形：她看著母貓跟前跟後的對她哀叫，就在樓梯底下替牠鋪了待產的窩。母貓進窩後，我的女兒和兒子們成了助產士，摸著母貓，安慰著牠，讓牠生產，牠從上午十時生到下午四時，一共生出四隻小貓，初生的小貓身上裹著一張透明的衣胞，像用塑膠袋裝著的海參，母貓把衣胞舔破，使小貓爬出來，生到最後一隻的時候，牠已經昏昏沉沉的睡著了，孩子們祇好動手幫忙，弄破衣胞，使小貓能夠透氣。

我急忙跑去看小貓，那四隻沒開眼的小東西眞是可愛透頂，孩子們爲我解說：淺黃虎斑禿尾的是老大，深黃虎斑的是老二，灰中微黃虎斑的是老三，純灰虎斑是老四，老大老二是公貓，老三老四是母貓。

童年時家裡養過貓咪，我深知貓的習性，通常母貓生了小貓之後，牠的窩是不願被人看到的，尤其是陌生人，如果看了小貓，母貓會把小貓給吃掉，也許牠認爲吃回肚裡最安全，這樣，任何人都無法再傷害牠的子女了，我把這事說出來，我老婆搖頭說：

「我們家情形不同，牠生小貓都是孩子們摸著牠生的，而且每天他們都輪流欣賞小貓，母貓不會避他們的。」

人和貓相處得水乳交融，當然是我所樂見的，不過，過了一個多禮拜，母貓還是叼起小貓搬過一次家，從樓下搬到樓上我女兒的床肚下面，我們猜想可能是牠原來的窩在客廳一角，常有陌生人進屋，使牠覺得不夠安全，牠才搬到樓上去的。後來，孩子們告訴我，貓搬家是牠的天性，牠仍然需要在隱祕的地方，好保護牠的小貓，牠一共搬了四次家，直到小貓滿月，但牠沒有隱祕的地方可供選擇，孩子們始終跟著牠。

小貓學步了，小貓開眼了，小貓這樣了、那樣了，都變成我們家裡的大新聞，使每個人都跑去看一看，小貓還沒滿月，我們就沖了牛奶餵牠們，逐漸使牠們學會吮食，然後再拌了碎魚和飯，使牠們逐漸學會用牙齒吃東西。牠們學起來可眞快，不到一個禮拜，全都學會了，而新的問題也接著來了，一吃母奶之外的食物，牠們就有了很多尿屎，每天都得要人爲牠們清理，牠們身上的跳蚤繁殖得極快，不多久，我們樓上的跳蚤就不斷的咬起人來了。

小貓第五次搬家，完全是人爲的，我們不得不把牠們請回樓下，在樓上掃除，並且大噴克蟑來消滅跳蚤，過不久，我們很難忍受小貓隨處便溺，又發狠把牠們移到院子裡，騰出一格鞋櫃作爲牠們的窩巢。

這時候，朱西寧的名字恐怕連母貓都聽熟了，每當母貓偷嘴，或是小貓亂撒尿的時候，便恐嚇牠們說：

「再不乖，送給朱西寧去！」

爲什麼光說不送呢？說穿了還是不好意思，人說：己所不欲，勿施於人，就是眞送，也不能把母貓和一窩小貓全塞給他們。我是下定決心顧人不顧貓了，但小貓必須贈送給願意養活牠們的人，這些天，我和孩子們四處遊說，希望能把四隻小貓免費推銷掉，但其結果都被婉拒。有人說：如果在鄉下，早就送掉了，都市人住公寓，根本無法養貓。有人說：如果是波斯貓或暹邏貓，也許還會使人有幾分興趣，土貓恐怕沒人肯收養。更有人以過來人的身分警告我說：這裡季候熱，母貓一年能生三窩，你如果不及時替牠動手術，也許這一窩還沒送掉，另一窩又出世了！

「會那麼快嗎？」

「你是不是想試一試？」

還用再試嗎？單祇是一窩，已經把我的頭都弄大了，我承認我很愛貓，我也不敢忘記我老婆的言語，愛貓愛狗不是摸摸玩玩，你得要有耐心去伺候牠們，你經常在外面奔跑，讓牠們飢一頓飽一頓的，根本不是愛之道也……這話表面上聽來像是說貓，實際上另有涵義，看她病歪歪的樣子，我彷彿領悟到一些什麼了！朱西寧養貓養狗，算是行有餘力；而對我來說，收養這隻貓和意外添上的一窩貓，該算是自不量力吧。

眞正愛貓的不是我，倒是我那太座呢。

附記：如有人願養小貓一隻者，附贈小魚乾半斤。

——六十八年九月．台北市

旅遊之後

我們都是忙碌的，儘管經常想到如何去安排生活，使它能多一些餘閒，做一些能調劑身心的活動，但冗雜的事務，本身的工作，加上繁密的人際關係，把人緊緊的捆住。近年出版的記事冊，有許多是把一天中每一個小時區劃出來，讓不同的開會、演講、約會、應酬把我們的時間切割成碎片；眞實說來，每個人的餘閒仍然是有的，那多半是在白天的忙碌之後，筋疲力竭趕回家，能獲得的娛樂，也多半是些室內娛樂，比如看電視、聽音樂、下棋、閱報、看電影或是做方城戲等等；有些勤勞的人，會用他們具有興趣的輕工作代替娛樂，尤其是主婦們，更習慣採取這種消遣形式，像插花、編織、剪報、盆景培養、郵票及其他玩物收藏、飼養寵物等等。大體說來，這些室內的消遣性工作或娛樂，除了賭博之外，都是正當的；只不過和大自然的接觸機會，也就相對的減弱了。

這能怨得誰呢？大家都會嘆著說：我們都是忙碌的！在城市裡生活，忙碌是現實的一部分，儘管有許多人嚮往著自然，終究只是嚮往而已，爲了彌補這種雖不能至的缺憾，各報刊上經常出現旅遊的文章，或是描述各地自然風光的專欄，並配以精美的圖片，使人望梅止渴，電視台也闢有一些介紹自然風光的節目，更增加了聲光影色和動感，近些年來，更增加了若干提倡戶外活動的專業性刊物，記述翔實，描繪生動，的確使忙碌的都市人在感覺上略略接近了自然。不過，在大多數爲生活忙碌的人群當中，眞正去接觸自然的人並不多，其中部分是青年人，部分是登山和旅行的愛好者，部分是具有健身運動習慣的人，他們多半是早起攀登郊區的小山，即使如此，也難能可貴了。絕大多數的人，被都市文明寵壞了，坐計程車也要拐進小巷，非到家門口不叫停；逛鬧區多走幾步路，回家就嚷著腿痠疼，他們自願把山和海以及大片郊野從意識中割讓出去，認爲那些都是屬於年輕人的。

「嗨，老了，爬不得山，走不得長路了。」常有一些看上去並不老，只有些營養過度略顯得肥胖的中年人，這樣怨告著：「連擠電影買票，等公車排長龍全吃不消，要我出門去爬山看海？那不是活受罪？」

「我對睡覺最有興趣。」也有人說：「太累了嘛！」

「說眞話，人在城裡擠著過日子，並不好受，」有位朋友說：「在心理上，沒有人不愛大自然的，問題是：郊區的風景都被人玩渾了，每逢假日，那些地方全是人潮，來回候車極爲困難，有些人不願去湊那種熱鬧，寧願留在家裡還清靜一點，這也是很自然的。」

我不能不承認這確是事實，郊區的風景原無足觀，尤其一旦被人炒熱了，成了人人皆知的名勝，那就連原有的一絲荒情野趣也消失了，這些地方的商店、攤位，蓋得雜亂無章，小販多得像菜市場給人的感覺，到處都是髒亂，替那些平庸的風景打上許多極難看的補靪，即使你停留整日，回來後，精神仍然是空虛的，並沒得到塡補。夏季的海濱浴場，人頭擠在海水裡，像是油炸蝦，花季的陽明山，人比花還多，你如果領略過，就明白那是什麼滋味了？老實說，我情願在冬季寒流來襲時，一個人去和海共守寂寞，或是在花季過後的雨中，撐著傘去撫慰遍地的落英，即使領悟不到什麼奇景，至少能分嘗一些接觸自然的情懷，比一窩蜂去湊熱鬧好得多了。

人總是這樣，一旦習慣了都市模式的生活之後，對於季節的輪移或眞正的自然風貌，便逐漸失去敏銳的感覺，只知道天冷了，換冬裝；天熱了，買夏裝，衣服上面的花草也一樣的色彩分明，賞心悅目，有時麻木得把自然當成可有可無的精神裝飾，我曾聽有人說過：

「什麼風景？風景也不能當飯吃呀！」在衆多辛苦討生活的人群中，整天爲溫飽忙碌，不得已的爲物所役，他們殺風景也確是言之成理，無可厚非的，有時我獨坐沉思，眞有滿心悲憐之感，一時竟分不清是憐己還是憐人了。

城裡有許多人家，明明有個小小的院落和一片泥土，也要請工人來打水泥、鋪紅磚，彷彿那樣才合乎乾淨整潔的要求。有些公寓住戶無福享受庭園，只有利用陽台，種植一些日益消瘦的盆景，希望藉著一朵花或一片葉去摹想他們心目中的、廣大的自然世界。我那體弱多病的妻就是這樣，她常常要我陪伴她去逛假日花市，見到她心愛的花卉，就買回來培養。這些年來，我們總也買過好幾百盆盆景，有各類的蘭花，有石榴、紫籐、長壽花、玉堂春、變葉草、萬年松、七里香、玉蘭、茉莉、孤挺、山茶、杜鵑、鬱金香……這些花草，在買來時無論花姿花容都很美麗鮮豔，我們不斷閱讀有關花卉培養常識的書籍，經常爲它們除草、施肥、換土，一切該做的都做了，但那些花草，仍不斷有枯萎、消瘦和夭亡的情形。硬把屬於自然的植物移到空氣汙濁的城市裡來，總使我在精神上有著極大的負擔，我私下總覺盆花和籠鳥的處境沒有什麼不同，儘管我們眞心愛著那些花木，以結果論，正如古人所說的：愛之反而害之了！

這種心情，我也曾隱約的對妻透露過，她卻不以爲然，更滿懷希望的說：

「也許我們的園藝知識不夠，培養的方法不適當，爲什麼在花圃裡生長得這麼好的盆景，到我們手裡就變了樣了呢？只要我們能不斷檢討改進，總有一天，情形會完全改觀的。」

即使改觀又如何呢？報歲蘭發花了，告訴我們要過舊年，杜鵑開花了，告訴我們現在是春天，我們已經成為文明世界中的籠鳥，隔著籠齒，對盆景而歌，就算融入自然了麼？都市人把養花當成陶情怡性，道理是不錯，在我聽來，也只是籠鳥唱歌而已。

「我要去旅行，」我堅持的說：「我要像愛自然的年輕人一樣，背上行囊，到自然深處去，爬險坡，走山路，涉澗水，滾一身泥巴，甚至挨餓、受凍……我！我要站在山頂上，喊叫給滿山石頭聽；我要在森林裡迷路，要把新鮮空氣當成凍牛奶喝！要抓幾朵雲回來放給城裡的朋友，勸他們都到眞正的大自然中去打打滾！誰說年輕人才旅行，中年人只要觀光，老人只能坐望遠山？我……一定……」

「你說完了沒有？」妻冷靜的笑著。

「說完了！」

「那你翻翻記事看看，哪天有空好嗎？」

她這一提醒，我便從雲端跌了下來，明天我有三個會要開，後天有兩場演講，還有什麼訪問錄音、婚禮、喪禮，要辦的事務，已經訂妥的約會……根本連半天的時間都抽不出來。

「現在我不知道還能做什麼了？」我沮喪的說。

「用毛筆醮些菸絲泡的水，塗塗那些蘭花葉子吧！」她說：「要不勤快點，它們又要生蟲了！」

「當然，當然！」我說：「不過，我們總還要找個適當的時間，眞正去旅行的。」

「是啊！」她說：「至少你剛剛在精神上已經旅行過一次，現在已經回來了！那你大可用『旅遊之後』爲題，寫一篇遊記吧！稿費要交給我，我打算在下週的假日花市上，再買兩盆唐梅呢！」

「妳還要買盆景嗎？」

「不買怎麼行呢——定錢都已經交了呀！」

——六十八年三月・台北市

臭棋的樂趣

有人對我說：「你的文章還可以看看，怎麼棋下得那麼臭？」這是實在話，我不能不坦然受之。像我這號下圍棋的貨色，眞是臭桃子、爛李子，勉強算是圍棋人口之一而已，論棋齡也快廿年了，下了幾千盤，依然故我，毫無長進，我並非不求上達，但我發現臭棋有臭棋的樂趣，在性格上，我是「不改其樂」的人。

我的那夥子寫文章棋友，不管是臭兄臭師傅，大夥聚在一起，眞是「如入鮑魚之肆」，久而不聞其臭矣！我檢討過棋力不能上達的原因，多半是性格上的，我下棋，完全把它當成一種消遣，從來不談經論道扯正經，因此，下棋時手抓一把棋子，落子快得像小雞吃米，根本不用腦筋，也不懂得章法和路數，所得的樂趣，不在行棋的味道上，因爲臭著連發，哪還有妙字可言。我所得的樂趣完全在過自己的癮，一開始被追殺，沒眼龍亂竄，竄到最後還是沒有眼，那就罵自己來過癮；要是瞎貓碰到死老鼠，把死棋弄活了，那就捧自己爲鬼才來過癮；輸得起是一種過癮，贏得樂更是一種過癮；著著都是新招，結果是後手死，發現自己竟白癡到如許程度，也是一種過癮；遇上打劫一看所有的劫材都被自己錯當成先手走光了，也是一種悶氣的過癮。

在過癮當中也不是全無領悟，有時候看圍棋書籍，發現別人行棋的精妙，拍案歎服，有時得到高手指點一二，頓覺恍然，回來靜思自己下棋的毛病，少說也有幾籮筐。下棋祇顧眼前那一塊，從不抬頭綜觀大局，病之一也。對方落子後，自己隨手著著應，被人當成笨牛牽著鼻子走，病之二也。本身險象環生，還貪吃別人的大龍，不自量力，病之三也。遇上對方無理筋，惶惶不知所措，應對無方，病之四也。先縮地自保，等對方造成銅牆鐵壁，又妒其大，打入送死，病之五也。人家要什麼就給什麼，送禮送得輕易大方，病之六也。該補的不補，該占的不占，猛打廢手，病之七也。把讓子當成資本，任意揮霍，病之八也。行棋至今，仍弄不清先後、死活、大小，病之九也。胸無成算，勝敗由天，病之十也。旁的毛病不說，單就這十種毛病，十全大補丸也治不好的。

人說：文章千古事，得失寸心知，其實，下棋也是如此，祇是離開棋盤時想得明白，面對棋盤時又都拋到腦後去了，有一回，約文友尼洛到圍棋會附設棋社去下棋，外面滿座，管理人員帶我們去貴賓室，悄悄對我們說：「這裡是老師下棋的地方，你們千萬不要講話，靜靜的下。」我偷眼一看，旁邊一桌有吳大國手的老哥在座，便對尼洛說：「咱們今兒正經點，裝出高手的樣子好了，落子前，要好好思考啊！」尼洛笑說：

「思也有思路，咱們連路數都不懂，思考什麼？」我說：「儘量下慢就好。」結果發現走慢棋對我們是一種虐待，滿腦子茫然無緒，白白浪費時間而已，走著走著就快了起來，鄰枰方落三數子，我們已走完一盤，嘩啦嘩啦扒棋子了，人家一局未終，我們幹了四五盤，那種扒棋子的聲音，聽來連自己都覺臉紅，臭棋尾巴露了出來，祇好夾尾開溜啦。

若說棋走得臭就洩了氣麼？一點也不，至少作爲一個圍棋大衆，是圍棋書刊的忠實讀者，也常照顧棋社的生意，並且熱心響應圍棋的普及運動，湊個人頭數，總顯得熱鬧一點吧。寫作的人下棋，原就是換一種方式休息，和專業棋士不同，和業餘棋士多少也有些區別，我們是純玩票性質，絕不敢以棋士自居，既沾上一點邊，品得一些圍棋的味道，就不得不承認它是一門大學問，而弈棋，確實是一宗怡情益智的雅事了，能把人生放在棋盤上仔細品味，輸了也不就是贏了麼？這種屬於個人的哲學，和專業棋士力求精進上達不同，他們應該敬業務本，要是像我這樣局局輸，那豈不是祇有回家抱孩子了嘛?!正因各務各的本，我的棋才臭了這許多年啦！

——六十九年元旦・台北市

濡墨談棋

古人論藝，脫不了琴棋書畫，作爲一個半輩子寫稿的人，少不得要沾上點兒雅藝，但笨拙如我者，渾身全無音樂細胞，唱歌如驢吼，標準的五音不全，若說彈琴，那更是沒門兒了。論書法，我連大筆都不會拿，鋼筆字也是塗畫出來的，一路歪斜，體出八大家之外，眞是馬尾拴豆腐——不能提了。至於畫畫兒，只能和幼稚園園童相提並論，畫小人頭而已。四樣玩意兒裡頭，只有一個「棋」字多少還和我有點兒緣分。儘管別人都把我當成低級的臭棋看待，我卻是樂此不疲，並且自認我從棋中所得的樂趣，要高過專業棋士很多。

這話怎麼講呢？我是把圍棋當成純娛樂看待的（當然，它是世上最高等的娛樂之一）。在我心目中，根本不存有勝敗的念頭，贏了棋固然很樂，輸了棋同樣的過癮。專業棋士面對勝負，他們必須不斷精研棋藝，把心血和生命都投入棋枰，而我在下棋的時候，精神卻游離在棋枰之外，去品味棋技以外的情韻去了，從棋枰上看人生，完全是另外一局啊。

曹雪芹咯血寫紅樓，和若干專業棋士咯血爭勝，雖然是各務各的本，但這種敬業的精神，卻是同樣使人肅然起敬的。圍棋不是我的本，我可以因「游於藝」而得到滿足，這何嘗不是一宗好事。我喜歡圍棋，並不喜歡精研棋藝，只不過想品嘗那麼一點情味而已。比如說：我喜歡古檜雕成的棋枰，欣賞那種沉黯穩厚的木質紋理，面對著它，彷彿面對世宇，歷史的風拂動我的感覺，漣漪層層盪開，而世人就是棋子，有的順理成章，有的石破天驚，有的成了使人歌讚的妙著，有的卻成了萬劫不復的臭棋。棋子在未著時，顆顆晶瑩潤澤，猶如人之初生，本質都同樣純良，成與敗全繫乎著法。我把玩棋子，不覺在驚怵中有所感悟，棋可以敗，人卻不能敗，即使自安於小地，也得有個活局啊。

在棋盤上，勝可以爭，但也不能過分強求，一味逞強的結果，必然會弄得頭破血流。我親見若干火性未脫的人，從盤裡爭到盤外，眞的頭破血流仍不知所悟，那可就比我這臭棋還要臭了。有人會說：你既不在棋枰上爭勝，那你還下什麼棋？嘿嘿，我創造了我自己的理論「圍棋必敗論」，那就是在盤上越敗得多，我在人生方面的感悟也就越多。和高棋對局，人人皆爲我師；棋歸你勝，我可以欣賞你，學習你，我陶陶然的贏走了別的，還不是一樣嗎？把棋硬限在看得見的棋盤上論藝，段數畢竟有限，以有形之敗爲樂，何嘗不是一種修養？我在行棋時感到，贏棋之樂是淺樂，輸棋之樂才是眞樂。棋子不能吃，棋枰不好啃，輸掉再來，我仍然作精神上的贏家又何嘗不可？

我下棋多年不求精進，和陶淵明的好讀書不求甚解，有異曲同工之妙，自知不敏，還有什麼強求？（醫生警告過，腦細胞弄死了，是無法新陳代謝的。）我常夢想著，約上三五良朋，攜帶佳肴美酒和棋具，直上白雲，在雲封霧繞的高山上，舉棋共酌，帶著微醺。先談盤外的棋，再走盤上的棋，把兩者相互印證一番，豈非人間至樂——性靈之樂實遠勝感觀之樂也。假如換個時空，春天的月夜，泛舟湖上，秉燭舞枰，雖然棋技相去范施萬里，下不出當湖十局那種傳諸永世的棋來，論情懷卻是全與古合，有那麼一點味道，已經使人受用不盡了。

人貴在役物而不爲物役，這問題，對於專業棋士和有志要做專業棋士的人是不存在的，但對若干迷棋成癡，荒廢本務的人，那可就是一宗極大的問題了。快厂在《棋人小詠》裡，寫過若干限於資質無法上達的棋人，天涯浪跡，貧困孤單，以傖寒的小棋館爲家，弄些蠅頭小彩聊以搪飢，令人讀來充滿憐惜之情；有些技差氣盛的棋人，爲了爭勝，不惜以古墅作采，散盡萬金，豪則豪矣，總覺自囿性靈，見其氣而不見其樂也。

今世有許多老年退休的長者，長日閒暇無事，泡在棋社裡，以觀棋弈棋打發寂寞，興趣所繫，倒也無可厚非。有些年事較輕的，班不上，公不辦，家不回，又不打算以弈爲業，那豈不是有些玩物喪志嗎？

和這些人物相較，我之迷棋，只能說是淺迷（等於喝酒淺酌然）；不至於迷到書不看、稿不寫，這種恰到好處的即興之迷，倒眞是迷之有道呢。至少，我是圍棋人口之一，總是被人認可的吧。

——七十一年四月十日・台北市

大戲小談

平劇，有人管它叫京戲，也有人管它叫國劇。在我們家鄉，卻管它叫大戲，而把各種地方戲叫做小戲。大戲的意思，是戲台大，演出堂皇，有很深的學問在裡頭，不像月光戲、野台子戲，在空地上打出一片場子，隨便就唱開了。

在我們那兒，看大戲並不是很容易的，祇有在縣城才有大戲園子，經常有演出；普通集鎮，祇有逢年過節，或有盛大的慶典，才會禮聘戲班子下來唱上一檔；沒有戲園子，只好借用關帝廟的台子，那台子比普通戲台高了一截，在露天場子裡看戲的，個個仰著脖子，雖然大家都站著看，卻都如癡如醉，對戲裡的情節，津津品味。

即使在一個不經常演出大戲的小鎮上，戲迷仍然很多，男人們沒有幾個人不會哼上幾段的，像武家坡、蕭何月下追韓信、劉備招親、空城計、四郎探母……幾乎連孩子們都會哼唱。

那時候，鄉野上的教育不普及，讀書識字的人，比較起來是極少數，孔子孟子曰，很多人聽不懂；但把它放在戲劇裡，或者書場上，一唱一說，大家便都懂了，像爲善爲惡、因果觀念、人生教訓、做人規範……太多文化性的學問，都藉著戲劇作爲橋梁，衍化進入人們的心裡去，成爲他們立身處世之本，同時，鄉野人們的濃厚歷史感，也都是看大戲得來的。他們知道歷代的忠臣、良將，也知道奸臣惡漢，誰是賢君，誰是昏君，他們恆常用這些來教育子女，勉勵他們明辨忠奸，分清是非，努力上達。

大戲所發揮的社會教育功能，太巨大了。

我清楚的記得，我五歲時去縣城，一個姓周的叔叔抱我去城南的大戲園子看戲，他買給我一串冰糖葫蘆，一隻烤地瓜，我看到戲台上有個背上插著許多小旗的大花臉，哇呀呀呀地吼叫，眞是威武透了。

我父親很愛大戲，也懂得戲，家裡常有票友聚會，拉胡琴清唱，他也教過我幾段，像：我正在城樓觀山景，一馬離了西涼界，聽樵樓、打初更，玉兔東上，楊延昭，坐宮院，自思自嘆……之類的，學會了之後，我很愛表演，用玉蜀黍鬚做成鬍子，手執柳枝當馬鞭，爬到別人家的驢槽上去，就大聲的唱開了。

「這孩子對戲很迷，應該讓他去學戲的。」

家裡也祇這麼講講，並沒眞的把我送去學戲，倒是我的堂兄，是鎮上最有名的票友，他唱旦角，扮相美，唱工又好，他花重金置行頭，組織了業餘的班子，教戲的師傳、琴師，都是禮聘來的，他們每季都演出，雖然不像著名的戲班子那麼好，但也算過得去了。我那堂兄很用功，買了話匣子（留聲機），和許多名角的唱片，經常反覆放著。仔細品味，當時的四大名旦，以及馬連良、麒麟童等人的名字，就在那時從唱片裡聽到的。

在農業社會裡，人們消閒的時間較多，半下午沒什麼事，不是進浴堂，就是泡茶館，哼哼戲，聽聽書，所以不論大戲、小戲，各類民間藝術，都很蓬勃，像大鼓書、唱道情、打鑾琴、鐵板快書，在方式上雖然不同，但都和大戲的若干情節呼應著，構成歷史的、人生的環節，給人期勉，使人警惕，讓人感動，在溫慰感懷中孕生希望。

浮海來台後，平劇仍然具有它重要的地位。在軍中，有不少的平劇團隊，也有許多相當著名的演員，早期軍中的成員，大多是平劇的愛好者，但由於這裡是方言地域，平劇在社會上的普及性和影響力，遠不如在大陸時期，對社會的公演，也祇有台北市一地有經常性的演出，其餘的城市偶有演出，但很少有當年京戲園子那種盛況了。

有一段時間，平劇人才青黃不接，顯得欲振乏力，關心平劇前途的朋友們都很憂慮，誰也不願見到這樣優美的藝術就這樣逐漸式微下去。那時候，正當社會轉型期的開始，社會上絕大多數的人都很忙碌，談不上講求提高生活品質。偶爾去看場電影的有之，除了熱愛平劇的老戲迷，一般人很少買票去欣賞平劇的，當然，演出場地少，不像電影院那樣普遍，也是原因之一；話又說回來，觀眾不普遍，演出場地就不會多，像台北的國藝中心仍然是軍中提供的，社會上很難有人願意蓋戲園子。

在沒有電視的時期，各廣播電台的平劇節目倒是很多，也很熱門，但它對平劇的推展，直接作用不大，對增加愛好平劇人口而言，倒是有相當的幫助，至少讓人的耳朵聽得習慣。

等到中華文化復興運動大力推行，又有了電視的畫面傳播之後，人們可以坐在家裡，邊聽邊看了，平劇這才又逐漸的轉熱起來。當然，軍中卅年來不遺餘力的推展劇運，培養平劇繼起的人才，照顧這行從業員的基本生活，是平劇能夠繼續光大的關鍵。有心人的贊助，戲迷的熱愛，也有相當大的助力，新一代的平劇演員，人才輩出，更令人興奮鼓舞。

不過，要想把平劇藝術，發展到家家愛看、人人爭看的程度，還有很多主觀的因素和客觀的困難，有待克服和突破的。一般說來，要欣賞平劇，一定要懂得淺易的知識，像生、旦、淨、末、丑，各類角色，各種不同的唱腔，不同的臉譜的意義，各類象徵動作的趣味，文武場的樂器和鑼鼓敲奏出的配樂，這些，除了修養有素的老戲迷之外，不是一般人所能弄得清楚的。今天是看戲的人較多，聽戲的人較少，懂得比較、品味、品評的人更少，也就是說，做一個看熱鬧，買票捧場的觀眾是可以的，想直接幫助平劇發展和提升的人，除了科班出身，在那個藝術行業裡面的同仁外，業餘而又專精的人太少了。

一個起碼觀衆，看戲喜歡看快速又熱鬧的，對於做工的興趣大，對於唱工如何，反而放在次要位置，因而速度慢、味道足、注重唱工的戲，外行人是不耐的，我見到過很多這類的觀衆，他們都嫌平劇太慢。唯有眞正懂戲的人，才會覺得好戲是百看不厭、百聽不厭的。

前些年，平劇演出的戲碼不多，老是那些通俗的、知名度高的戲，近些年來，劇本經過整理，戲碼寬廣得多了，這當然是很好的現象，但，劇本十有八九還是多年前的老本子，部分經過整修，全新的創作性的本子，實在太少，因爲，一個對平劇不太內行的人，是很難編寫平劇劇本的，寫唱詞，摸不清板眼，怎麼寫法呢？一個不理解京片子語言趣味的南方人，即使寫平劇本子，味道也遜了三分。如果一門藝術，幾十年產生不出好的創作性的劇本，光是演員好，在整體發展的均衡性上，也是略有欠缺的。

我酷愛平劇這種大戲，我覺得它是一門無限的藝術，集中多少代人的智慧，匯聚了無數藝人的血汗，使它達到那樣精緻完美的地步。每一場景，都有高度的感性和象徵的，深具以一點證諸多面的功能，如果不能讓它發揚光大，那是萬分痛惜的事。今天的社會注重現實，演電影電視，甚至唱流行歌，可以成爲明星，有滾滾的財富和安定的生活，和前者相較，平劇藝人就無法望其項背了。平劇是龍套多，挑大梁的主角少，龍套能夠以微薄的酬勞養家活口嗎？人不是高枝上的蟬，餐風飲露也可以唱下去的，我認為社會化——觀衆人口普及，使從業人員待遇大大增加，是第一要務，待遇高到生活無憂，自然才能專業化——心無二用，專意致力於藝術發展，水準提高。

我不主張輕言平劇改良，但希望多選演節奏明快，情節生動，趣味豐富的本子，有些冗雜、沉悶的枝節，可以略加更動；另外，結合文學和戲劇界人士，研究如何從歷史中抽取精采的，和現代有呼應的片段，創作出新的劇本，以更活潑的呈現方法，加以推出，使廣大的社會群衆和青少年都能喜愛它，尤其是孩子們，一旦愛上這種大戲，會愛一輩子的，我本身就是個例子；儘管到今天，我對這種大戲還是個道地的門外漢，祇停留在看戲的程度，但喜歡就是喜歡，這可是沒什麼道理好講。

要不然，為什麼我把這篇文章的題目叫做「大戲小談」呢？肚子裡沒有貨，談大了就亂打高空，讓方家笑掉大牙，那不是阿彌陀佛，罪過罪過麼？

生活的拼盤

雨天出門赴約，換上從洗衣店剛取回的褲子；走到滿是水窪的街上，一輛計程車飛馳而來，輪胎滾過水窪，泥水飛濺，弄得人一身全是濕濕的泥汙；洗燙一條褲子是二十塊錢，就算你記下該車車號，能爲這種事告進法院？祇好自認倒楣，回去換上另一條舊長褲，赴約遲到，還得笑著臉，向朋友哈腰道歉，歉雖道過，還得背上不守時的名譽。這種事，我遇過很多回了；每次都發狠說：哪天聚足了錢，也買一輛車。發狠發了十多年，我仍然是個安步當車的人，很可能明天又會遇上這種事，怎麼呢？恐怕全靠無可奈何的修養吧。

在城市裡生活，要是不具有這種無可奈何的修養，你準會被活活氣死，因爲你一走出門，滿眼都是令人難受的事，如果《水滸傳》上的黑旋風李逵活在台北，每天準會和人打十次架，變成拘留所裡的常客，但我們不能動粗，因爲我們是文明社會裡的文明人也！

有一位看起來很文明的先生，每天早晨牽著他打理得非常整潔的愛犬，到我們住宅附近來散步，狗在便溺和遺矢的時候，他背著手，悠閒的作觀霞之狀，看來一臉詩意的神情，如果你禮貌的提醒他說：

「對不起，先生，你的狗正在便溺。」

他會望一眼，故作吃驚的回答：

「對不起，我沒注意到。」又轉臉叱狗說：「眞差勁！隨處便溺，把我的臉都給丟盡了！」

但狗頸的鐵鍊，是牽在人的手上的。因爲對方替狗道歉，回答得又禮貌又文明，要再斤斤計較，似乎也就太過分啦！不過，這位先生確是牽著他的愛犬常來，而且也經常發生這種疏忽，語云：人非聖賢，孰能無過，何況是狗造成的，若爲這點事爭執，似乎就……怎麼說才好呢？當我總是提著掃帚爲這事善後時，我曾想過：我應該換成黑旋風李逵才好。

一個過夜生活的人，中午大都有午睡片刻的習慣，但若干叫賣者卻理所當然的把住宅區當成他們的流動交易場所，揚起他們毫不悅耳的咽喉，聲嘶力竭的叫喊著。一般說來，對於這些低收入的苦人們，我一向有著同病相憐之感，但總覺他們不必如此大聲，同樣可以達成交易的目的，當年在北方，叫賣也是一種討生活的藝術，大都有著各種不同的特色，但聲調的抑揚有致，聽來異常悅耳則是一致講求的，把叫賣變成惡暴暴的窮嚷，使顧客起了反感，恐怕對交易並無益處吧？

隨著時代的進步，新的推銷者使用車輛駛進住宅的巷道，用錄音機加上揚聲器，反覆不休的製造噪音，久而久之，使我患上心臟衰弱的毛病。有一天中午，抱病臥床，正在欲晤周公之際，噪聲大起於牕下，內子推門去看，原來是賣老鼠藥的，內子委屈的對他說：

「對不起先生，家裡有病人要休息，可否請你把錄音機的音量開小一點？」

「怎麼著？我做生意犯法呀?!」那位先生嚷說：「你們要是嫌吵鬧，就該搬到沒有人的山裡去，警察都管不著的事，要妳管?!」

「你有沒有公德心？用噪音吵人總是不應該的。」

「不要拿那一套來唬我！現在是白天，我可以吵妳到深夜十二點。這是我的自由！」

我一聽那位先生如此理直氣壯，祇好放棄午睡，下去把內子勸回來說，因爲我們是文明人了，不好妨害人家放錄音機做小買賣的自由也。

噪音吵人總在門外，你還可以擁有緊閉門牕，或是戴上靜音耳塞用以防衛的自由，但強撳電鈴你就無法不加理會了！通常，在非常狹隘的住宅區裡，孩子們很多，難免有一些會惡作劇的，好在都是鄰舍家的，鬧得過分時，和他們家長講一聲也就沒事了，但有些推銷人員撳電鈴，情形就不大相同了。這些人推銷的貨品，多半是騙人的假貨，尤其是參酒之類的僞藥，貨的眞假且不去談它，至少，他們無權強撳人家的電鈴，驚動別人去開門之後，就賴著不走，如果你不買他的東西，他甚至會出語相侵，狠狠奚落你一頓。有時來的是不聾不啞的人，手裡捧著募捐簿子，硬說是爲盲聾籌募救濟金，是眞是假，誰也不知道！

我的蝸居還算是很僻靜的，這些年來，也飽受惡客相侵之苦，不知別人的住宅怎樣？想來也是難得清靜的了！

除了強撳電鈴，胡亂張貼也夠瞧的，尤其是代客搬家和清理廁所的招貼，滿天飛舞，大門的門楣上、樓梯間，圍牆和電桿木上，到處都是，有些是用紙貼的，還可以費力清洗掉，有些是用油漆蓋印，像要留傳千古的味道，前些日子，警局大呼要加重處罰，但罰歸罰，貼仍舊貼，這些人的行爲如此，其心態可知，如果我們硬說自己的社會很夠文明，那就恐怕是硬朝自己臉上貼金了。

每到夜來，在燈前獨坐，想到這些人和事，便有著深沉的傷痛；不錯，這些年來，我們的教育普及，國民的知識水準提高了，而一般國民生活教育，至少從行爲和心態表現來看，是非常散漫的，把貨卡停在我們巷道的那位司機先生回來了，驚天動地的關上車門，然後在巷角扯開褲子便溺，一面還哼著小調，也許他以爲時至深夜，所有的住戶都睡著了，才會這樣肆無忌憚吧？而且他這樣做，並非偶然，我曾經告誡過他一次，顯然並無效果，他祇是換到較遠的另一個牆角去而已。

人躲在家裡，還受這許多窩囊氣，出去就更不必說啦！不遠處有座國民小學，擴音器聲音之大小，可以籠罩附近好幾個里鄰，每個禮拜的校長訓話，老師講話，我們是一體恭聆，聽得久了，彷彿自己也吃了縮骨丹，變成兒童了。國教兼社教，聽來似乎很夠堂皇的，在我們這個多噪音的國度裡，捏鼻子忍受似乎是唯一的方法。

有一天和一位年輕的女導演談及噪音擾人之事，她強烈反對忍受，她說：

「我聚了很多罐裝食品的空罐子，一聽見下面有噪音，就把它當手榴彈一般的朝下扔，一面兩手叉腰，挺身站在陽台上，嚴厲叱喝，那些不自愛的傢伙畢竟心虛情怯，多半是逃之夭夭！」

我不能不由衷佩服她的勇氣和雌威，這年頭，若干女士們的正義感似較紳士兮兮的男士們強烈得多。有一回，我太太遇上一個上車不排隊又爭搶位的男人，她一路指著他的臉大聲指責，使那傢伙滿面通紅，提前溜下車了事，凡是她看不慣的人，她都挺身而出，據理力爭，使我這常受窩囊氣的丈夫，有鬚眉盡失的感覺。

我們的政府，有鑒於現代社會的國民，必須具有高度的公德心、良好的生活習慣、適切的風度和應有的禮貌，也曾大量印發國民生活規範小冊子，提倡過消除髒亂運動。

台北的市長先生，最近更大聲疾呼，要求大家在公共場所遵守秩序，上車要排隊，其實，這些都是最基本的要求，但在目前，眞能做得到的，在社會大衆當中，恐怕祇占百分之三、四而已，不信你去看看那些歌廳、影院和風景區的垃圾，就可心領神會了！

有一次從宜蘭乘火車回台北，路上遇見一個中年肥婦和她的姊妹淘，她隨身帶有香蕉、橘子、瓜子、花生、酥糖至少十公斤，一路上她們笑語喧譁，邊吃邊談，談的都是人生道理。

「他那個人，講來沒理由啦，吐，吐，吐……」

車到台北，她們方圓五步之內，盡是果皮紙屑，到了慘不忍睹的程度——那彷佛也是她們所擁有的一種傳統文化，和我們所標示的中華傳統文化，完全風馬牛。

如果說：鄉野和街頭文化有著根深柢固的劣根性，那麼，在所謂的高尙人士之間的表現又如何呢？我曾見過若干主持會議的社團領導人士，擺出一副要人的派頭，開會時，他們首先來一套冗長的訓話，訓完了便藉另有其他重要會議要開，先行告退；別人的意見聽不聽對他似乎無關緊要，要緊的是他那套自以爲是金科玉律的訓話，是不吐不快也。這種人常帶給我酒國皇后、舞場紅星們轉檯子的聯想，說它是不倫不類乎？

有時去參加音樂會，前排貴賓席上那些衣冠楚楚之士，以及妝扮入時的貴婦，或交頭接耳，或檀扇輕搖，或遲遲入場，到處寒暄，使人懷疑他們究竟是來認眞聆賞，或是拿音樂家們消遣?!以這一類假高尚的時髦文化和鄉野文化相較，我倒是寧願寬諒後者了。

擦去逆風吐痰，沾我一臉的飛沫，爲在公車上吸菸的傢伙們噴出的煙霧捏著鼻子，清除掉黏在鞋底的口香糖和檳榔汁，用棉花塞耳去抵擋酬神戲的鑼鼓聲，忍受不知是哪個神祇節日燃放的鞭炮，我們總是還要活下去，苦笑和嘆息並不能解決任何問題，記得有個拚命擠車的小學生對我訴苦說：

「擠不上這班車我就要遲到了！」

由此可見社會上某些人不守秩序，也多事出有因，問題並不如此單純。有個鄉下佬找不到公廁，祇好借用電話亭方便，恐怕也不能當成單純的笑話聽吧？我們經常聽到許多文化碩彥們博大精深的理論，但總覺得那些意義太深的學理研探和現實生活之間，有著太遠的距離。事實上，太多生活細節的表現，與我們的關係最密切，影響也相當的重大，如果不一點一滴的從根改進它，而光是去闡仁釋義，著書立說，再過百年，恐怕書仍是書，說猶是說吧？不身處鄉野和街頭文化之中的闊佬們，常以雞毛蒜皮、芝麻綠豆看待這些事，那就弄錯了，光是文而不化，等於沒有根的樹木，早晚仍會枯萎的。

談命運

在人生的道路上，有坦蕩，有曲折，有幽微諸般境界，是非禍福，昇謫浮沉，恆非世人所能預料。因此，許多人對於命運，都懷有一份關切的敏感，像風水、卜卦、命相、拆字等流行於世，正是這份敏感的表徵。

世人當中，對於命運所採取的看法，所表現的態度，多有不同。有些年輕氣盛的，完全不信命運之說，以滿滿的自信、旺盛的鬥志，一路朝前拚搏；有些年事稍長的人，雖有高度知識，但回首前塵，感於命運弄人而無可自釋，陷入宿命論的陷阱，意志消沉，廢然長嘆的也頗不乏人。

事實上，過度自信和委諸宿命，都不算正確的人生態度。任何一個人來到世上，都有他先天的型格和後天的修爲，這是他人生作爲的基本條件。同一型格的人，隨著他的心胸氣度，人生觀念的參差，也將有不同的際遇和成就，也就是說，將先天型格、後天修爲相配合，人具有部分的創造命運，掌握命運的權利。

像歷史上張飛那一型的人來說吧，他身強力壯，具有膽識，他可以殺豬賣肉，可以升火打鐵，也可領軍作戰，升為大將軍。他如果目光如豆，缺少氣度，也許祇是張屠夫、張鐵匠，不會成為虎將了。

如果張飛他老哥不自知，不自量，突發奇想，打算透過時光隧道，去做貝多芬，結果會如何呢？也許抱著筆，成天在紙上孵豆芽，努力了幾十年，張飛已不是張飛（因為他沒做張飛的事），而連目前的影子也沒見到（他腦袋的細胞缺乏音樂感）吧。所以，人貴在自知、自量，不可一時氣動，盲激而為，古有「樂天知命」之說，意即在此吧。

孔子在《易經》贊詞中，勉人要學習著做「大人」，夫子心目中的「大人」是：「與天地合其德」、「與日月合其明」、「與四時合其序」、「與鬼神合其吉凶」。

其中「與鬼神合其吉凶」，正是道出了我們應有的、正確的人生態度，也就是說，我們昂首立於人世，祇要具有仁民愛物的心懷，努力求進，充實德能，以求服務社會，貢獻社會，心中自然坦蕩和樂，不驕不餒，對不可見的未來一切吉凶禍福，全將不在意中。這種不憂、不惑、不疑、不懼的境界，正是讀書人追求的君子之境。

可惜今天的知識分子，離此境尙遠的人太多。拜廟求籤，祈求細選者有之；不問蒼生問鬼神，祇知順遂私慾，滿足私願者有之；你若是看看相士桌上玻璃板下壓著的名片，你就明白了。若果孔子仍活在世上，將會搖頭大嘆曰：難矣哉，「大人」也！

談忙

隨著時代的演進，物質的高度創發，社會結構的變易，現代的人們無論是感覺上也好，實際上也好，都變得越來越忙碌了。一面興致勃勃的忙著，見人就作「勤勞是創造之源」的即興講演，一面又擦著汗，微帶得色的怨嘆著：啊，確實是太忙，忙得喘不過氣來！這樣的話，在現代人的人群裡，像抛球似的抛來抛去，起先還略有所感，到後來，忙多了，忙久了，忙習慣了，竟然不覺其忙了，這種情形，在人口密集的都市裡，尤爲顯著。

隨著人們的忙碌，一切事物都講究時空的高度壓縮，講究速度，即時下所謂的快調子，乾淨俐落，絕不拖泥帶水，因爲慢慢吞吞的泡蘑菇，忙慣了的人很不耐煩，也很難適應。今天辦事不興兜圈子、打啞謎，最好是開門就見山，因爲立即進戲是時代的格調，忙碌隱隱的成爲人們生活的主宰。

我們看書，不耐長篇大論，習慣幽默小品，談故事，要用極短篇去處理，結婚要用跑步式，葬禮一小時連布置帶收攤子。人際事務滔滔湧湧，案頭日曆已分割到每小時怎麼使用，將來可能進展到使用時曆，再詳劃出一分一秒來，讓不同性質的事，分割掉我們僅有的數十載光陰。

有誰認眞計算過，我們整日整夜的陷身在八陣圖般的忙碌之中，究竟在忙些什麼？人婚喪喜慶，交際應酬，求人請託，無聊宴飲，空言泛論，人情包圍，占了多少成分？人在被衆多繁冗分割得支離破碎的情況下，還能集中幾許精力，去從事你的創造？我記得有個老人，坐在馬路邊的人行道上，茫茫然的看到匆匆的過往行人和交馳的車輛，我問起他對此的感覺，他乾笑笑說：

「現代人哩，忙來忙去忙些什麼，我不懂，我衹知道他們最會製造垃圾，我是運垃圾退休的，跟在別人屁股後面，一忙忙了許多年，萬般滋味，都留在垃圾車裡讓我回味，我還是弄不懂，我想，我已經是老垃圾，該掃掉了！」

我在想，哪一天，我們陷身在忙碌裡的人，也該清理本身的忙碌，把不必要的苦忙、窮忙、閒忙、無事忙之類的垃圾給清理掉，把忙碌集中成鑽石型的晶面，而不是破爛的攤展，那就會忙而無怨了！不像現時，有人忙得夜來吃興奮劑，早上吃安眠藥，原來是整天勞累加上通宵雀戰。有人忙得把心臟藥瓶掛在脖子上，時時準備和閻羅約會，因爲有一大筆生意等著成交，他要符合人爲財死，鳥爲食亡的古語。有個病人，抱怨醫院的加護病房沒裝電話，嚷著要特別加裝，嚷過了沒兩天，這位老哥已經在熊熊的火焰中變成一隻火鳥，可惜生前的一筆忙碌帳，仍然沒結算清楚，眞正是遺憾終生啦。

如果說以古爲鑑需要點兒學問（忙得沒空看歷史也），我們就用眼前人爲鑑，剪去些冗忙的枝葉吧！

談閒與靜

做一個現代人，好像一部高速運轉的機器上的零件。你的行業，你的工作，就是你被釘牢的位置，你祇是整體中的一個個體，甚至連忙碌都是機械性的，也許你曾有一些抱怨，太忙啦、忙得頭昏腦脹啦。但明知嚷也是空嚷，你已經就了位，你得跟著整部機器運轉，上辦公室、進工廠，手不停、腳不住，有時你會覺得疲勞都帶有金屬性；尤其在都市和人口密集地區，這種情形愈爲明顯，人像是罐頭，被過度的工作消費過後，變成失去內容的罐頭皮。夜晚攤掠在沙發上，有一種說不出的空洞，忙個什麼勁兒，眞是的?!

社會結構既然這樣，人已變成一窩蜜蜂，勤勞忙碌是創造的實際動力，你不能不承認的。但忙過了頭，會使人變得遲鈍麻木，逐漸失去生命應該保有的彈性和均衡，這也是值得重視的。

古人說：偷得浮生半日閒，這個閒，不是懶散消閒，不是蒙頭大睡夢周公，是要用它調劑身心，使精神舒放，自我充實，替生命加點兒機油，因此，適度的閒暇是必要的。閒是人生的配料，它讓人生有光彩、有滋味，好比大蒜魚頭中的蒜瓣，咖哩牛肉中的咖哩，如果閒過了頭，變成一味清閒，無事可幹，哪會閒得手腳沒處放，閒得骨頭痠痛，那滋味，可要比忙碌難受百倍。

今天的社會越是忙碌，人們對於適度的閒暇更加珍惜和重視了，像早覺會的蓬勃，郊遊旅行接近大自然的傾向強烈，都是正當的、可喜的現象，但仍有許多人，不懂得充分利用難得獲致的閒暇，雖閒而不靜，不能用它替生命加添燃料，給生命以滋潤的水分。有人在週末假日跳舞狂歡，扶醉歸來，使妻兒伺候通宵，本身固然是一醉解千愁，但醒後卻成了愁更愁。有人抽閒進入方城，夜以繼日的盤腸大戰，自以爲利用閒暇，其實是殺伐了閒暇，因爲那種娛樂祇是痲醉性靈而已。

閒的本身，祇是一段可自由支配的時間而已，好像一方空白的畫布，端看你如何揮動彩筆，把你的希望和人生理想畫上去，使你的性靈得能展翼飛翔。有些人是浮盪型的，得了閒，家裡蹲不住，一味想朝外跑，到人多的地方去湊熱鬧，更美其名曰獨樂不如衆樂，但家裡的冷清就拋在腦後了；有些人是即興塡空型的，事先毫無準備和計畫，有了閒暇，總得找點事塞滿它，是否充分獲致閒暇的效果，沒時間再去計較也；有些人是嘔酸反胃型的，一閒下來，就把工作的苦惱，人際的糾紛，事情的不如意，猛朝外嘔，嘔完到唯覺醉鄉路穩。眞正能守著一杯苦茶，一卷詩書，心定神閒，和文化歷史交通，拓展精神天地者，恐怕不多見也。

其實，有境界的生命，雖日理萬機，異常忙碌，但其精神活動並不受囿限。心定神閒是現代人高度的精神修養，它可以使你忙而不俗，元氣充沛，這種忙裡求閒，閒中求靜的功夫，是值得認眞學習的。

談生活

很多人談起旁的事都興致勃勃，談起生活來就沒精打采了。他們也許認爲生活祇是一堆堆在眼前的瑣碎，人嘛，整天都在生活，生活還有什麼好談的呢？

實際上，生活的意涵非常深廣，就生活形態而論，人有理性生活的範疇、道德生活的範疇、感情生活的範疇，其中部分是屬於精神生活的；部分是屬於行爲生活的；或可說：精神生活是行爲生活的依據，行爲生活是精神生活的反映，人活在世界上，如何取得兩者的調和，一面汲取，一面融和創進，使本身活得圓滿均衡，這可是大有學問的。

一般人被生活的黏液粘住了精神的翅膀，使生活的意義降格爲眼前的一堆瑣碎，名啊、利啊、生兒育女啊、交際應酬啊、吃飯睡覺啊！有時也不甘現實的囿困，做一點想飛的夢，但被物質養嬌了的身體，已經欲飛無力，又恐懼精神飛高飛遠了，耐不住那份孤寒。有些人乾脆橫倒身子，陶醉於功名利祿、聲色犬馬，把精神啦、性靈啦，扔進黑角裡去，任它生霉、腐爛。他們一面抱怨著：太陽底下無新鮮事，厭倦那種反覆和煩冗，一面又抱怨精神生活不切實際，這就是自陷生活矛盾中，無法融和的典例。

我們如果在文化生活中尋根，在歷史生活中覺悟，在時代生活中擔責任，在現實生活中求開創，我們就不至於偏頗迷亂，陷身於煩冗了。這樣說來是很容易的，但舉眼看當前的社會，做得到的能有幾人呢？尤其對年輕的生命而言，現實生活的林林總總，像是霧裡的迷宮，跨進去很容易，想脫出來卻難上加難，人滾到那面去，什麼淡泊明志，寧靜致遠，全沒有了，祇餘下無盡的徵逐、忙碌和享受，精神生活的墮落衰頹，似乎已成為現代社會的表徵。

我們無意輕視物質生活和現實生活，但過分偏向它，突出它，它為我們所帶來的問題確是嚴重的，它不知戕害了多少聰明有為的人。

多年前，我在台北西門鬧區，遇上一位新崛起的年輕的作家，他拖我聊天，談到他未來的寫作計畫。

「我要寫一部比果戈里的《死魂靈》更偉大的作品，題目我都想好了，」他眉飛色舞的說：「我把這部書叫做《西門町之霧》，你覺得如何？」

「好啊！」我說：「通常一部偉大的作品，除了具有偉大的思想之外，還得要具有深厚的生活根鬚，因為就表現而論，生活是作品的血肉，你確信你有足夠的生活體認嗎？」

「這你放心。」他非常自信的說：「我正在全心全意的體驗這都市鬧區的生活呢。」

我眞心的祝福他，並且期待著他這部偉大作品完成，過了兩年，他結婚了。他太太經常怨他晚回家，我還替他解釋過，說他爲了體驗生活，積蓄題材；再過兩年，他太太的抱怨更深，說他一出門就不知何時回家了；最後，他們的婚姻破裂，又經過若干年，他的《西門町之霧》根本沒有出現，因爲自己早已經完全陷進去，變成西門町之霧的一部分了。

生活環繞著人，而人無處置生活之方，實在是可悲的，你如何在貧困中保持精神的富有？如何在忙碌的心中保持心情閒靜呢？這答案是我們每個人都要個別去尋求的，要不然，我們就會像那位寫《西門町之霧》的作家一樣，投入了生活，但卻在生活中滅頂。

談家庭

一般人提起家庭來，常會自然的意識到溫馨寧靜的天地啦、愛的窩巢啦、人生的避風港啦……這類的意識並沒有錯，祇是涵蓋面不足，可能把婚姻關係的比重太看重了一點，因而在意涵上僅及於小家庭組織伊始那小部分。眞正說來，替家庭做一個比較完整的定義是很難的。家庭，實際上是人類倫理的基石，也是社會、國族的縮影。在中國這個講求法天則地的族群中，特別重視人倫，也就是人的位格和其本然的秩序，擴而大之，宇宙的建立，也源於這種秩序，而在人間，這種秩序的建立是由家庭發端的。

我們講長幼有序、兄友弟恭，講妯娌和睦、姑嫂相親，講君君臣臣、父父子子，一切都是從家而族，而社群，而天下一例推廣的，用現代語言作解，就是你在什麼位置上，就要有你標準形象，這不但是一種義務，也是一種本然的責任。在一個家庭裡，如果父親沒有父親樣子、兒女沒有兒女樣子，那就父不父、子不子，嚴重得「太不像樣」、「不成體統」了；推廣到國家來說，在古老的君權時代，皇帝老子該是至高無上了吧，但如果有人批評某某皇帝，望之不似人君，那可嚴重得緊，因爲皇帝若沒皇帝樣，怎配爲「天」之「子」，領導群倫呢?可見位尊的人，固然是一種光榮，也應具有他的責任。

在家庭裡面，這種各守分際，融合無間的責任感，是在愛與敬中培養起來的，不能帶有勉強造作的成分。一個家庭的興旺和睦，是家庭每分子共同努力造成的，爲尊長的人，更負有教化之責，古語說：有其父必有其子，上梁不正下梁歪，都含有値得人深思的至理。

人在家庭裡的位置，會隨著時光的流轉而轉變，在社群、國族之中，也是如此。故此，家庭實在是訓練人之所以爲人的最基本的單位，老吾老，幼吾幼，是敬愛的表現；以及人之老，以及人之幼，更擴大了這種仁懷，使人人懂得愛與被愛，敬與被敬，這種本然秩序與天地輝映，在地如萬物滋長，在天如星斗羅列。

這些道理，就來是人人應該懂也都能懂的，但如今社會上，家不齊的實例已經到了多得可怕的程度了，父子失和的，年邁遭到棄養，兄弟鬩牆的，夫婦仳離的，都已司空見慣，逆倫的慘劇也常出現報端，常使人有人間何世之感，家庭如果不健全，必將影響子女，影響社會。

雖然每個人家庭的背景、環境、遭際，各有不同，形成了家家有本難唸的經，但如果大家都深思自省，守分際，有分寸，發乎愛，本乎誠，有了夫妻之情，骨肉之愛，總不致鬧得骨肉乖離，反目成仇吧？從另一面來看，今天社會上，合古風，守古禮，和諧美滿的家庭，仍占絕大多數，那都是一些活的典範，值得人去學習仰望的。

我們是一個講付出、講貢獻的民族，愛別人，先要問我能給別人什麼，而不是要別人給我什麼。今天有些丈夫，要吃要喝，要打老婆罵兒子，你沒先自問你給她們什麼？給了多少關懷？多少摯愛？還是僅僅給了他們幾文錢和一口飯？有些成天坐在牌桌上的主婦，要丈夫對她們絕對忠實，兒女不但要孝順，還要成龍成鳳，天下又有這等現成的好事麼？

我們固不必再去迷信天道好還，死抱著宿命觀了，但古語所說的事在人爲，卻是我們深信的；因與果的關係，雖非鐵律，也不妨當成哲學來研探，氣機相感之說，也並非全然無因。家不和而推諸宿命是可悲愚蠢，爲什麼不能從自省自責開始呢？

不要說別的道理了，先問問自己，在家庭裡，有沒有本身應該具有的樣子？如果太不像樣，把它修理得略微像樣，總不會太難吧？

幸福像傳說裡一隻通靈的鳥，當你笑著伸開雙手的時候，牠自會落到你掌上來的。

從做買賣談世風

咱們從做買賣，講究貨眞價實、童叟無欺，講究老招牌、老字號，用歷史性的傳統信譽來爭取顧客。不但中國如此，在那個古老的年頭，外國也是如此，像德國的老人頭刀片、英國的藍色嗶嘰呢、荷蘭的菲力普電器，都經久耐用，扎實得很。

後來年頭逐漸轉變了，高速度的機械產品，需要不斷的促銷，如果一件商品幾十年都用不壞，那第二批貨又賣給誰呢？英德式的產製方法逐漸落了伍，代之而起的是鬼精靈的日本，日本貨美觀精緻，花樣繁多，零件的補充也頗方便，唯一的缺點就是不耐久，祇要不小心摔那麼一下，就等於報銷了。使用的人明知日本貨不扎實，但還是喜歡購買它，因爲它輕靈小巧，價格非常大衆化，便宜嘛，壞了再買，所費無多的。日本商人最會做廣告，凡是衆目所視的焦點，都是他們做廣告的地方，有人戲稱他們能把廣告做到蘇菲亞羅蘭的胸脯上去，祇要大家買他們的貨品，不怕廣告費賺不回來也。

台灣的商品，早期也走英德式的傳統路子，大同電風扇就是典型的例證，一台風扇能用幾十年，後來一看不行了，這才跟著日本學樣，講究新款式，盡搞新花樣，但成品的質料不夠好，製作又流於粗濫，使用的人叫苦不迭，愛用國貨的愛國心，商人也拿來利用，這就有失厚道了。這些年來，我們的當然也有進步，但產品的進步，可比不上廣告的進步，有些廣告，簡直惡劣到騙死人不償命的地步，名實不副，蔚然成風；它所爲害的不僅是商信和商譽，而是嚴重的影響到整個社會的精神層面，使我們優良的文化，也遭受到它的汙染。

早年假洋鬼子寫的《世界永遠沒戰爭》，還引起許多人的議論，咸認此風不可長，如今騙人倒成爲正著，無日無之，人也痳痳木木的不說話了。一套裝潢精美的書，內容可以七拼八湊，一瓶參補酒，可能是蘿蔔泡開水，橫豎世風如此嘛，人騙我也騙，有何不可？報紙的社論倒是頗盡言責，實在看不過去了，就提上一提，點它一點，論名實相副啦，談端正社風啦，但連報紙也得靠一大堆爛廣告來養活，一張處女膜可以補上八遍，倒是前所未有的新文化呢。

在廣告術不斷翻新之際，任何字眼兒都有可能被抓過去汙染，文化這兩個字，早已被淘渾玩爛了，有些人還把文化和商業分開看待，那可就太冬烘啦，君不見若干文化類的小廣告，賣春藥，賣莎樂美女郎相片……盡在其中乎？廣告的厲害，全在它的一個「廣」字，爲了求其廣，和廣播便認爲兄弟夥了，親密得恨不能和廣播同穿一條褲子：廣播有能，廣告有錢，錢與能二五一配合，便會形成一種精神汙染，和空氣汙染同樣嚴重也。

我曾是一個道地的廣播迷，對早期廣播所發揮的社會教化功能，欽慕無已，如今社會急遽轉型，各類廣播節目，穿插了許多鐵板快書的廣告，大有反客爲主之勢，聽多了，腦袋爆痛。如何淨化廣播節目，實在是當前一大課題，至少，先從廣告的選擇做起，是我這廣播迷迫切期待的。

輯三　走進春天的懷裡

回首

到了雲水蒼茫的年歲，在沉悒中回首，方體悟出年輕時施的太少、受的太多，對於那些激勉我、規正我、安慰我、鼓舞我的友人，我懷有無限的感恩和愧歉之情。古人嘗說：友朋遍天下，相知有幾人，可見在人生旅程中，益友難得，知友難求。比較起來，我算是幸運的，半生得益於友人特多，說它是造就生命的原力，也並不爲過。

隨著時空的移轉，生命向前面去，人世間的變幻一如風裡的流雲，我一面不斷的結識新的友人，一面卻常常緬憶往昔，我當年那些益友良朋，於今有的流散他方，不知音訊，有的早已物化爲中國的一把泥土，極少數的雖還偶通信息，但各揹著生活的重擔，聚晤的機會也越來越少了。

在一首送別的歌裡，有這樣的形容：

天之涯，地之角，

知交半零落……

我每次低哼它的時刻，便有淚盈眶，那倒不純是黯然的悲愁，而是尊敬和感念所帶來的片雲微雨。這種情緒激發我去做一個施者，把當年承受的友愛再施轉給別人，也許這種心意，是我對故人們唯一能做的精神報答吧。

並非一味緬懷往昔，但我卻喜歡這種悲劇感很濃的情韻，它會發人省悟，使人更趨於成熟，眞實說來，緬往和開今，都具有積極的意義。眞正的知友，所共的不在於生活的密彌和形體的親近，它是精神上的相融相契，這才是久遠的，久遠到超乎生死。

有時候，友誼是需要時間去孕育、培養的，你會覺得它如醇酒，時隔愈久愈爲芳冽。有時候恰恰相反，它來如疾風閃電，去如流星飛墜，成一片橫曳過記憶的光雨。有時刻，似濃卻淡，有時刻，似淡還濃，人說：君子之交淡如水，小人之交甜如蜜，正是這兩者分別的寫照吧。但在我的半生經歷當中，友情濃與淡的參差極大，它們使人珍惜的程度，卻都是相同的。

童年結識的友人，十有八九都失散了，即使當年濃過、蜜過，隔著半生時間的波紋，往事早都化成斑斕的夢影，有個大我五歲的姑娘，隨著她行醫的父母，落籍到我們的鎭上，那該是我最早的好友，我管她叫桂蘭姐的，她常帶領我去認識鎭街的屋宇，自然的花木，教我認字、畫畫和編結，不久她就回她河北的故鄉去了，抗戰中期，有人傳來消息，說她在家捱過荒年，憑媒說合嫁掉了。我早期就預感到，這一生我不會再見到她，也不會得到她的音訊了，淡的是她的形跡，濃的卻是我的愁悵。

六歲那年，我逃避兵燹，寄居到鄉下外婆家，一個佃農的孩子，叫大其兒，和我成為莫逆，他告訴我許多鄉野的知識，傳授我很多農稼的技藝，以及野趣的遊戲，他是編鳥籠、糊風箏、打梭、爬樹的高手，他能用鐮刀拋擊在高高樹杪上的枯枝，把它們擊下來當成柴火，每次都擊個正著，那個純屬鄉野的靈魂，後來卻被敵偽軍抓伕抓了去，一直沒有回來。相隔四十多年了，我仍能清楚的記得他黧黑精瘦的樣子，在爽朗的秋日，用鐮刀拋擊枯枝時所發出來的，清脆的音響，在剎那幻覺中，變成一個生命的斷折聲……亂世能不使人哀愁麼？

抗戰中期，我曾寄居在一所美國教會創辦的大醫院裡，在珍珠港事件爆發之前，醫院大門的星條旗還保留一點驅邪作用，日軍不會進入醫院騷擾，野鄉上抗日的游擊隊受了傷，大多化裝成無辜的平民，穿過封鎖線，偷運到醫院裡來診治，我時常帶著好奇和恐懼，跑到外科病房去看他們，其中有個姓馮的，對我特別和善，他腿部和胸部都帶著槍傷，使他顯得蒼白而虛弱，但他臉色始終很平靜，經常帶著笑容，他拿出一本聖經，告訴我這本書給他力量，使他沒有恐懼，他贈送給我一些彩印的小冊子，都是兒童主日學所用的聖經故事，我閱讀那些故事之餘，更照著書裡的彩圖描畫兒。我們雖然在年齡上相差一大截，但我們卻成了相當要好的朋友，他拄著枴杖，介紹我去上主日學，我也常把獲得獎勵的畫片帶到他病床前，一張張的攤給他看，有一天，我去看他時，病床是空的，護士告訴我他出院了，託她轉給我一份禮物——一面黑木的十字架項鍊，他又回到戰場上去了，但在我的印象裡，他是一個極柔和的人。

半生當中，我常常想念起他來，一個連名字都忘卻了的朋友，他給予我的情誼卻是豐厚的，他蒼白帶笑的臉，仍在我的心湖中浮晃著。他是生？是死？不是我能知道的，但我相信他微笑中所表露的信仰，比個人的生死更為重要。

人在戰亂當中，友情會突然的來臨，像雕刀般的刻進生命裡去，留下永遠無法抹去的痕跡，即使是知友，也都是聚少離多，彼此都用思念維繫著。我和童年的好友可佩，在家鄉時經常共處，坐在河堤上守著黃昏，或是看凌晨揚帆遠駛的船群，從軍後二十年，一共祇見過兩次面，一次是在二水車站，他南下，我北上，當我們認出對方打招呼的時候，列車已分別滾動了。另一次是在我的家宅裡，他黃昏來訪，一盞茶的茶葉未沉，他就起身道別，說他奉命趕回前線，他要去趕船，船要趕潮水。那一別成為永訣，他戰死在東山島上。半生交誼，他留給我的是夢般的記憶，和一個寫在晚霞中的名字。默唸著他的名字，我感覺豈止是世事茫茫而已。

而這樣悼亡悼失的友誼卻是極珍貴的，撤離大陸的那夜，我們在夜霧和紅火中攀登掛在船舷的繩網，我的一個戰友托我登船，他自己卻失足落進大江，那一聲水響，又豈是千萬言語所能詮釋的？我常常用這些記憶來勉勵自己，把接受的再付出去，如果有人懷念我，像我懷念那些可感可敬的友人一樣，那不就是生命的意義麼？

走進春天的懷裡

頭一次看見駱駝是在五歲。那是軍隊帶來的，一共有五六隻，也許沙漠裡的動物，不適應濱海和平原地區的季候吧？我看見牠們的時候，又正是駱駝褪毛的季節，一塊一塊將褪落的毛，掛在身上，遠看像落魄的窮漢，穿著破衣在路上顛躓著；牠們很憔悴，又怪又醜，給我極深刻的記憶，那些經過我家鄉的駱駝，不久便離開了；牠們頸下的銅鈴，搖響在暮春沉遲的大氣裡，像是一首微帶難以理解的淒涼的歌；那聲音，曾在無數個夜晚，伴隨過我童年的遠夢。

後來，大的戰亂來了，使無數安守家宅的人流離道途，破衣在沙風裡飛舞，飢餓、疲困、喪家失子的慘痛，把人們變成苦忍的駱駝，在無盡的長路上跋涉著；等到看慣了戰亂中的人臉，反而修正了我早期的印象，覺得那些駱駝並沒有那麼怪、那麼醜，牠們比人更能默默的忍耐，更能吞飲一切的痛苦。

迎著沙風朝西走。在深濃的夜幕中，宏大的原野上，我走著，心裡搖響著駝鈴聲，幻想自己成爲一隻駱駝，忍著飢、忍著渴、忍著苦。早時聽老人們講故事，講古老時刻，女媧娘娘煉彩石，補荒天，補到後來，石頭不夠了，祇好讓西北角那塊天荒著，地廣、人稀，又多大漠，而那裡卻是駱駝的家鄉。

在風雨霜雪的路上，我想念過駱駝；在飢餓乾渴中，我想念過駱駝；當腳底起了流漿水泡，走路像針刺的時刻，我忍住淚，更想念起那些負重的駝群了。如果有一天，我眞能走到駱駝們生長的家鄉，我眞會誠心誠意的和牠們做朋友呢。

但我一直沒有機會進入想像中的沙漠，偶爾見到幾隻駱駝，也都是寂寞的流浪者，爲那個時代默默的負重奔走。後來轉到南方連一隻駱駝也難見了；覺得自己已經變成一隻駱駝，在人生的道路上，默默行走多年了。這不祇是一種空無的幻覺；我曾在長途的飢渴中，咀嚼自己蓬勃的、嫩草般的青春；當我在深夜的燈前，打開稿箋，讓我的精神在格子上一步步行走時，人世便變爲廣闊無涯的瀚海，永遠也走不到邊了。

我多麼希望我的作品，變成一片叮噹的駝鈴，除了安慰我半生行走的寂寞，也能爲人生旅程上行走的人們，帶來一絲溫藉和盼望呢？從純美的感情世界裡走出來，從沉重的、依鄉戀土的情懷裡走出來，從一長串戰亂的時光裡走出來，臨波顧影，已兩鬢星霜了。我眞的是一隻憔悴的駱駝，日以繼夜的走著，走著，年輕的孩子看我，就像我童年看駱駝一樣，怕是又老、又醜、又怪吧？但道路給我智慧和耐力，使我不呻吟、不叫喊、不頹喪，儘管已再沒有大把的青春讓我咀嚼了，我還會走下去的，祇要蒼天給我呼吸，我就拚命的前進，每走一步，我筆下便會提起一串駝鈴的叮噹。

一群走過中國大地的駱駝，竟然影響了我一輩子，使我一生行跡，像駱駝行走在沙漠上一樣，處處都有飢餓寒冷，都有風雨霜雪。把歷史的苦難和現實的苦難，都馱負在背脊上，何止我是一匹駱駝呢？中國啊！讓我們都當自己是駱駝，來爲這多苦難的民族負重吧，精神上的內在儲藏，就是我們賴以跋涉的駱背駝峰。我們要走過風沙迷眼的荒漠，走過疾風怒號的暗夜，走過冰霜嚴寒的冬季，一直走到春來雨潤的綠洲。

據說駝隊行進時，都讓最老的、熟識道路的、有過無數跋涉經驗的駱駝走在最前面，小的駱駝走在中間，像我這種半老不老，又不強壯的駱駝，祇能殿後了。希望先輩的姿影作爲引導，年輕一輩的勇銳行姿作爲激勵，使我勉力跟上而不落隊，讓我們在駝鈴的交響中，走到春天的懷裡去，飲一飲甘冽的清泉，看一看仙人掌上的黃花，而我們是要走下去的，因爲：

我們前進就是中華民族的前進！

——七十年六月四日・台北市

駝隊

駱駝是沙漠上的舟船；想像沙漠的風光和駝鈴清越的音響，人們心中便會產生熱烈、神祕的浪漫情懷。在我國西北諸省，以及北境的察哈爾，都有著相當廣袤的漠地。蒙古的瀚海（海即戈壁）和新疆的大戈壁，最爲人熟知，它如察省渾善達克和伊林塔拉、寧省的騰格里、橫亙新疆西北部的古爾班通古特等沙漠，一樣是迤邐千里。

駱駝眞是最能適應沙漠的神奇動物，除了駝囊儲水，駝峰內儲存的脂肪能供給牠本身的營養，使牠具有耐飢耐渴的特性外，牠巨大的腳掌使牠便於沙漠中行走，牠的負荷力和跋涉韌力也都非常優異。

從久遠的日子開始，邊民們便和這種動物相互依存，他們結成駝隊，使大漠內外互通貿易，也使得不同地區的文化，相互激盪交流。在彤雲密布的穹窿下，在沙煙連雲的烈風中，在氣溫極度多變的漠腹裡，日復一日的摸索前行，駝鈴聲便成爲生活的點綴和慰藉了。憑著漠上生活的經驗和白晝的日影、夜晚的星圖，找出目標和方向，找出中途休憩的綠洲，該是多麼艱難的生存的詩篇，駱駝和人，已經結成密不可分的整體。

據傳在抗日期間，邊民們以武裝的駝隊，出入漠地，突擊敵軍，敵軍以一個支隊開入大漠追擊，迷於漠中無一生還。可見這些瀚海上的駝群，不但平時作爲文化的使者、貿易的橋梁，在民族禦侮的時代中，牠們一樣具有克敵的功勞呢。讓我們在月明之夜，以東古拉伴奏，歌一曲瀚海明駝吧，清越的駝鈴聲入夢，正足以喚起我們的壯志雄圖。

——六十八年十月十日・台北市

山的因緣

自幼出生在平原上，不曾見過山；聽傳言，聽故事，那裡面都有山，在人心裡神祕的聳立著。山究竟像什麼樣子呢？有人形容它像天邊堆積的雲彩，便常引頸癡望，幻想有一天總會親眼看到山，並且爬到山的胸懷裡，引頸長嘯。後來在亂離的風暴裡，果眞見著山了；扛著槍的人，是很難把山當成風景看的，山鞍、山腹、突出部、稜線，和塹壕、掩體、槍巢、炮位攪混在一起，山也變成一尊挺立著的民族的戰神，緊緊擁抱著，並且翼覆著我們，使我們更有勇氣和憑藉，對敵去鏖戰。

有一種最古遠的傳說，說盤古氏是一個碩大的巨人，手揮石斧，闢地開天，牠死後，骨骼化成山岳，雙睛化爲日月，血肉化成奔流不息的江河……明知它荒渺無稽，但總不能忘卻；因而，對於山，始終懷有一份尊崇之情，抬眼見到的形象，便肅穆起來，勉可說是愼終追遠吧。

北地有些山，是原始荒淒的，剛硬的山茅草割著風，發出陣陣撕天裂地的銳吼，尤其在欲暮的光景裡，飛鳥惶噪著掠過高天，山們群集著，一峰一峰的頭顱貼在天壁的背景上，給人一種巨大怪異的感覺；交疊的稜線，顯出深深淺淺的光色；有些石稜稜的崖壁，是它們裸露的胸膛。通常，人們慣把裸著大石頭、一片光禿的山叫做窮山，人在生活上既不能依靠它，便祇有遠離著它；有些山區，入夜後祇有風吼狼號，舉眼望不見一星燈火。我們在山裡摸索著，山和人群都寂默地未交一語，但也就在這種寂默中，和山建立起非語言所能陳明的友誼。

山眞的都像那樣原始荒淒嗎？江南的山景就大不相同了；有了水的襯映，溼度的浸潤，江南的山大多是靈秀的；蓊鬱的林木，染苔的立石，交纏的藤莽，使它在蒼翠中顯出一份柔媚。等我履歷江南，已經是赤焰橫流，烽火漫天的時刻了；那樣靈秀柔媚的山色，反而入眼傷情；想到這般錦繡的山河即將歷劫蒙羞，便止不住的嗆淚滿眶。

懷著萬分珍惜的心情，我夥同友伴們爬過一些名山，首都附近的鐘山、雨花台，江寧的方山，句容的赤山，無錫附近的惠山，蘇州郊外的虎邱……我不是慕山的遊客，並無尋幽訪勝的雅興，祇是把腳印留在那些山的胸懷裡，當成生命的誓證，立誓有一天必將重回，一如嚴寒過後重新拂起的春風。

來台早期，仍羈身軍旅，近山無緣望山多，偶爾從空照判讀時攤展的圖籍上，去摹想那些山形：南大武、天山、秀姑巒、奇萊、大壩尖山……都留在雖不能至的嚮往之中。解甲後，戀山之情更深更切，由於身無牽繫，經常有機會去橫臥山懷，重溫當年辭別故國山群時所立的誓語，人和山之間，更爲相契了。

我自承不是一個登山者，也從沒領受過征峰的樂趣，我登山祇爲在孤寂裡怡情和自省，默默的體悟生命罷了！大山和丘陵，我都同樣的眷戀著，眷戀於那份安詳和靜謐，甚至松濤和澗水聲，都成爲靜謐的一部分，讓山和我在感覺上融爲一體，不是比征峰閒適麼？

這些年來，我曾在山裡度過許多夜晚，品嘗那裡的黃昏和月色，也諦聽過松濤和急雨。在四重溪幽古的旅舍裡，我盤膝瞑目，焚檀聽雨，從入夜聽到天明；在獅頭山的古刹中，我露立中宵，等待著鐘聲和梵唱。那種境界是我童夢中常有的一種祈願，願普天世下的人們，都能擁有這種無驚無恐的安寧。一年在桃園的山地，黑夜的山原上燒著飄搖的紅火，山胞們在火的四周飛觴醉飲，酣舞歡歌，明月映照著挺立的蒼松，他們的歌聲彷彿就是山的聲音，從岩心奔湧出來，時而雄渾、時而婉轉，歡樂中又微帶些許蒼涼……又一年在群峰環抱的天祥，我帶著奕具，在滔滔滾滾的澗水聲中，獨自打譜，打著、打著，心已不在譜中表現的棋藝，而落入雲下的人間。世事如棋局局新，單是反覆品味這份詩情，通宵不寐也足以取償了。

關子嶺一座庵裡，一株染著霞影的寂寞盆紅。東埔溫泉觀瀑樓天台上待開的蘭花。

向陽山路邊的野櫻。太平山白堊堊的枯木林。……許多情境在記憶裡展布著。時間輪轉過去，新的記憶亦復在增加。我有些樂此不疲的在收藏這些，就如同我收藏人世間一張張不同的臉。把它們重疊起來，分不清是人是物、是物是人，恍恍惚惚的倒蘊著幾分禪意了。

而北國的山仍在北國，江南的山仍在江南，深夜遠懷，能不進屋去添件衣裳麼？

——六十九年十一月廿七日夜

習字的滄桑

毛筆是中國傳統的書寫工具，毛筆字又是一個人的門面，但我非常遺憾，半輩子活過來了，還不會寫毛筆字，尤其是作爲一個中國人，眞使我有愧疚神明之感。

小時候，家嚴也曾督責我學寫毛筆字，教我怎樣握管、怎麼磨墨，讓我熟背那些歌訣，但我很不成材，渾身上下，都沒有寫好毛筆字的細胞，最先是打仿影，大人握住我的手，照葫蘆畫瓢，後來也臨過帖，從柳瘦顏肥開始，但寫字的八法我是一法也沒學好，什麼點撇勾捺直我都不會，祇是像畫畫似的描字，結果越描越黑，急起來猛咬筆尖，弄得滿臉墨跡，上戲台扮張飛根本不用化妝了。

戰亂後，離家流浪，環境也不許可去寫毛筆字了，我和蒙恬的關係也就拉得更遠了，我寫鋼筆，使用的是我自己創造的歪體，一路歪斜歪到底，但大小還算一律，遠看並不算太難看，但祇能整體看，不能單獨看，因爲每個字都寫得很難看也。我在戰亂裡，也上過地下補習班，老師也曾嚴飭我們練習寫毛筆字，今天寫大楷明天寫小楷的輪流轉，當時我覺得頗不耐煩，於是，便發明出一個偷懶的法子，——儘揀筆畫簡單的字寫，不到幾分鐘，就鬼畫符般的塡滿規定的行數，交卷了事。像大、小、一、十、山、人、以、工、士、土、牛、羊、已、口、丁、子、女、古、中、太、斗、日、月、王、下、上、止……這些字，我是寫得太多了，老師在後面批上一個大大的「懶」字，又把我叫去狠狠的呵斥了一頓，他對我說：

「你這樣寫字，眞還不如不寫，人說：好字難寫飛、鳳、家，從今天開始，你行行都替我寫飛鳳家三個字，然後，我借一部《康熙字典》給你，你朝後寫字，替我從字典的最後朝前面寫！」

這一來可把我整慘了，別人寫三行，我連半行全沒寫完。無論老師再怎麼罰我，我的字卻毫無長進，而且經常倒插筆（落筆先後秩序顚倒），橫是扁擔直是棍，寫到口字，乾脆打個圓圈變成○，沒有什麼旁的理由，主要是想省筆畫也。如此怕寫毛筆字的人，竟然和鋼筆結了不解之緣，說來連自己都不敢相信——鋼筆寫的，也都是字啊！

毛筆字寫不好，寫鋼筆字照樣好不到哪兒去，我不是寫字，是在畫字，祇要畫出個樣兒來，排字的先生能照著排版就成了。早年我在軍中擔任參謀，經常要擬稿呈核，我的這筆字，眞讓閱稿的長官們頭痛，有一回，我將一件公文送核，核稿的副處長是我老團長，他戴上眼鏡，把卷宗歪過來、斜過去的看，看得我很不好意思，最後，他抬起頭朝我笑笑說：

「顏柳歐蘇，你練的是哪一家的體呀？」

「報告長官，」我說：「我是野生野長的，沒練過字，請多包涵。」

「看你的字我有一種感覺。」他推動眼鏡說：「就好像觀光旅行，到了火奴魯魯。」

「火奴魯魯？」我大爲困惑的重複著。

「是啊！」他說：「你的字像是當地土著跳的草裙舞，搖來擺去，看得我頭昏！」

經過長官的教訓後，我痛下決心，買了筆墨紙硯，和幾本字帖，練起字來，但年紀大了，腕不由心，寫來寫去，仍是自己那個怪體，脫不了胎，換不了骨啦。

後來退了役，轉入社會，要起筆桿來，把字當成表達的工具，寫雖天天寫，但字形字體仍然故我，毫無長進；好在現在大家都用鋼筆，而且年輕一代寫的字，比我更差更怪的，比比皆是，我夾混在當中，倒也馬虎得過去啦；不過，偶爾遇到一些事，也夠窘迫尷尬的。首先，我最怕對尊長寫信了，用鋼筆，不夠尊敬；用毛筆，等於張飛跳狄斯可，叫那些尊長如何看得？其次，是接到某些朋友用毛筆寫信來，我就覺得低人一等，我那些用毛筆的朋友，多半是主任祕書啦、學校校長啦，或是官場高級人物啦，我想我這一輩子是絕無機會幹那些職位了，若有人來請我題字怎麼辦？祇好鑽進老鼠洞了！

十多年前，我到東部巡迴演講，抵達花蓮時，早上起來，幾位校長帶了一位同學來看我，特別介紹說那位同學是連獲當地國畫比賽冠軍的，因爲仰慕我，特別畫了一幅蘭花的條幅，請我題詩在上面，我一聽，嚇得三魂出竅、六魄全飛，連連擺手推辭說：

「這萬萬不成，我的爬爬蟲怎能糟蹋一幅好畫呢？」

「你瞧，畫都攤開了，墨也磨好了，人家慕名而來，不在乎你的字好壞，主要是留個紀念也！」

到了那種光景，不寫是不行的了，我祇好硬著頭皮，用發抖的手抓起筆來，題了「自古幽蘭生空谷，不與凡花競芬芳。」幾個字，退幾步看看，眞是千古二絕，——醜絕、怪絕，即使我跳進太平洋去，也洗不脫這個親筆留下的大洋相了。我不知道如今不練毛筆字的年輕一代，日後要是做到要人首長什麼的，怎樣替人題署？題出來的字又是什麼樣子？他們自己看了會不會臉紅？至少，我當初偷懶，沒把毛筆字練好，即使丟人現眼這一回，就夠人痛苦很多年的了！後來我曾擬妥一篇散文題目，叫「生了蟲的蘭花」，所謂「蟲」，就是我寫的字——標準的爬爬蟲也。如果這種糗事祇是遇上那一回，倒也罷了，但我經常參加別人的婚禮，在粉紅色的簽名綢上，都要硬著頭皮抓起毛筆，把自己的名字寫下來，每次抓筆，都會記起那一幅被我題署弄糟蹋掉的蘭花條幅來，這等於硬揭自己的傷痕，每揭一次，就要流一次血；嗨，俗語說得好，馬尾串豆腐，提也不能提啦！

究竟要等到何時，我才能滿面春風的握管揮毫呢？當我這樣嘰咕自己的時候，連我的老伴都笑指著我的鼻子，說我是老不知羞呢！

——七十年二月十九日・台北市

開槍
——第一次扣扳機

我是在戰亂年代裡長大的，童年期就熟悉了各類的槍枝，在我周圍的人，沒有幾個不帶槍的；那時候，民間為了防範盜匪，略有產業的人家，戶戶都有槍枝，從火銃，到土造後膛槍，以及從西洋各國來的洋槍，每一種都有特殊的名稱。像獨子拐兒（每一次祇能裝填一發子彈），六子聯兒（一次裝填六發子彈），紅銅鋼，彎拐球兒，鴨子嘴，比國造，短柄馬槍，老套筒兒，大金鈎，捷克式，湖北條兒，漢陽造，廣東造，大排樓；不但槍枝是形形色色，連子彈也不一樣，同是七九口徑的子彈，有尖頭、圓頭，有紅銅、青銅，有裡面灌鉛，見血就炸的。步槍如此，短槍更是五花八門了，最常見的是德造匣槍，俗稱盒子砲的，分頭膛、二膛、三膛。頭膛匣槍比較大，固定在木匣上，可以代替步槍使用，三膛比較玲瓏輕便，威力也較手槍大些。至於手槍的種類，那就太多了，有些專門玩槍的，能蒐集十幾廿種，而最為一般人珍愛的，要算象牙柄的德造馬牌手槍了，它的性能穩定可靠，豪華有氣派。當然，也有人偏愛袖珍型的掌心雷和小八音，那種純屬極短距離自衛用的玩意兒，大多場合很難派得上用場。最早我喜歡看槍，也喜歡好奇的去摸槍，在那種不甚解事的年紀，把那些槍枝，看成大人們玩的玩具，聽到放槍，好像聽放炮竹一樣。

慢慢我知道它是能殺傷人的兇器，對那冷冰冰、黑洞洞的槍口，就自然產生出嫌惡畏懼之感，不再輕易的去摸弄它了！尤其是那時候，經常有官府槍斃土匪的場面，我夥同一些孩子跑去看，也不知道看了多少回，每看到一個活活的人被子彈打死，血流遍地，破腦穿腸的光景，眞是又恐懼，又噁心。因而對於槍枝更是如敬鬼神了。

更大一些的時候，長輩們認眞的告訴我，做一個男孩子，過分喜歡玩槍固然不好，但也不必過分的厭惡槍枝。這種東西，落在奸盜邪淫的壞人手裡，會助其爲惡，但在好人手裡，用它靖鄉防盜，也有它正當的功用，國家的隊伍用它保國衛民，功用就更宏大了。聽了這一番道理之後，我對槍枝的厭惡感減少了，但恐懼感仍沒減少，一想到自己去開槍，就渾身打哆嗦。

我們那裡的人，買槍像買牲口一樣，檢查得仔細。什麼廠牌？什麼年份的槍枝？槍身的烤藍褪沒褪？槍口的鬆緊狀況如何？緊口槍含三分火（子彈倒放進槍口，彈尖祇入槍口三分）；用久些的含半火（彈頭一半沒入槍口），這類槍的價錢較昂。鬆口槍含全火

（子彈完全沒入槍口），俗稱淌子兒的老牙貨，子彈出膛，必溜溜的橫著走，沒勁道，也射不遠。除了檢口驗膛之外，還要試放，檢查這支槍的準頭如何，雙方都滿意了才成交。在當地人們買賣槍枝頻繁的時刻，經常有人當衆試槍，我也經常掩著耳朵在看熱鬧。

有些槍手曾多次表演他們射擊的技術給我們看，其中眞有伸槍就打落飛鳥、夜晚能擊中香火的神射手，使我驚異得瞠目結舌。每次他們打完槍，特別裝上子彈，送過來逗我說：「壯起膽子放一響嘛，就像過年放花炮一樣好玩呢，不會騙你的。」

有多次這樣的機會，我都嚇白了臉躲開了。我的力氣還拿不動槍，放槍時，槍托的震動力眞會把我打得一屁股跌坐在地上，我不敢！槍手們更講了很多有關用槍的故事給我們聽。其中有個故事是說：鄰近有個姓杜的，放槍時，槍枝炸了膛，把他的手掌炸掉了（那不是故事，我見過那個失去手掌的人）。通常這類會炸膛的槍枝，都是土造的，俗稱土溜子。另一個故事更有戲劇性，大意是說：某地抓到一個悍匪，鄉長要一個鄉丁把他拉到圩崗外斃掉，鄉丁去了不久，大家都聽到一響槍聲，以爲他已經把土匪斃掉了，誰知等了很久，去斃人的鄉丁還沒有回來，大夥兒透著奇怪，打起燈籠火把去圩崗外瞧看，見那鄉丁滿身是血躺在地上，土匪和槍都不見了，一問之下，才知道槍炸了膛，斃人的受傷躺下了，被斃的扛了槍溜掉了。

步槍的危險衹是走火或炸膛；匣槍和手槍，如果不細心，使用起來危險就更大了。槍手們講到一個有名有姓的漢子，幹游擊隊，他買了一支匣槍，用得並不熟練，一次，跟隨隊長化裝進入日軍駐紮的集鎮打突擊，雙方在大白天開了火，那位仁兄邊跑邊開火，因爲匣槍使用不得法，竟然把一粒子彈打進他自己的腳面裡去了，最後還靠隊友把他背著逃回來的。又說起有個徐鬍子，把短槍頂了火插在腰帶裡，過後他抓癢，不小心觸動扳機，把一粒子彈弄進肚皮，流出一截小腸來。

我白天聽了那些玩槍出意外的故事，夜晚做夢夢見那些事，主角都換成了自己，由此可見對於一個沒玩過槍的孩童，這些故事帶來的恐懼意識有多深。

按理講，像我這樣一個恐懼槍枝的孩子，怎麼學會開第一槍的呢？說來眞像做夢一樣，連我自己都不敢相信了，記得那年我剛滿十歲，隨著家人逃難到一個叫施家槍樓的村莊裡。那是個寒冷的冬季，村裡村外都顯得索落荒涼，村主施老漢告訴我們，說他們這裡不曾有鬼子兵的威脅，但常常會鬧土匪，不是大股的，最多五七個人跑來抬財神，上扒戶什麼的。他們那個村落很小，全村祇有六七戶人家，祇有他一家建有槍樓，所以一臨到夜晚，村裡的婦孺們，便都擠到槍樓裡來睡，比較安全些。有一天，村頭有個年輕的寡婦叫黃臉的，跑來哭泣說，南邊有個幹土匪的傢伙，託人捎信給她，要糾合幾支槍來搶她，而且指明某天某日的夜晚要來。

依照鄉俗，年輕的寡婦，單身漢子可以糾衆公然搶親。但土匪要來搶寡婦，顯然要人又要錢，黃臉發誓寧可跳跳就死，也不跟土匪強盜在一起過日子。黃臉對施老漢講這些的時候，施老漢也愁眉苦臉的，顯得不知如何是好的樣子，因爲那村子太小了，年輕力壯的漢子大都拉游擊離了家根，全村祇有施老漢家裡，有一支新買不久的湖北條子後膛槍，外帶三十發槍火。施老漢是個極爲憨厚老實的農夫，從沒玩過槍，買支槍在家裡懸掛著，也許祇用它來壯壯膽子，若說單用那一支槍來對付土匪，眞是四兩棉花——免談（彈）了。

等到土匪講明要來的那一天，村子裡的人都惶惶不安，有人燒香拜佛，求神佛保佑，有人希望土匪祇是講的玩笑話，誰會眞的要來搶黃臉呢？臨到夜晚，好些老弱婦孺都擠到槍樓裡來，關上包鐵的門，又加上三道粗木門槓子，準備萬一土匪來了。總比待在一腳踢開的茅屋裡安穩些。在這些人裡，婦女和小孩又被安排到上層，施老漢和幾個中年漢子在下面，他們把燈火用黃瓢蓋住，講話都用耳語，我圍著棉被，坐在秫稭編成的地鋪上，脊背仍然寒瑟瑟的打顫。偷眼望望射口外面，曠野烏漆抹黑的；一片風聲，映著屋裡驚恐的氣氛，更使人駭怕了。假如不是寒冬臘月，滴水凍成冰，假如附近另外還有較大的村落，我想，這村裡的人都會逃空，不至於困守在這座槍樓裡，等著土匪來擄人和洗劫了。

就這樣想著想著，就迷迷糊糊的睡著了，不知什麼時刻，被巨大的槍聲驚醒了，心裡立即意識到土匪真的來了。果然，土匪在朝空放了兩槍之後，放聲叫喊起來：

「施老實，你快把黃臉寡婦送出來，二爺要樂一樂，你要是不送她出來，咱們就要放火燒房子啦！」

「諸位爺爺，行行好事吧，」施老漢用帶哆嗦的哭腔央求說：「你們都是家根鄰近的人，曉得這兒是個窮莊子，黃臉她平頭塌鼻的一個苦命婦道，守寡幾年了，你們糟蹋她又何必呢！你們若是要糧，全村倒願意湊個三斗五斗的，聊表寸心啦！」

「甭生你的大頭瘟了！」對方粗暴的罵說：「黃臉又不是你親娘，要你護著她，不讓二爺掏弄，我看上的雌貨，就要弄到手，你放不放人？」

「甭跟他窮囉嗦了，」另一個聲音說：「先點火，燒它一座草堆再講！」

這不光是虛聲恫嚇，他們說縱火就縱火，麥場邊的草堆真的被他們點火燒起來了。在黑夜的鄉野地上，草堆起火後，火勢真的十分驚人，在天乾物燥、北風猛烈的隆冬季候，麥草垛子一著火，火舌便直衝上半空，隨風捲旋著，彷彿是一條活的火龍，劈劈啪啪的炸著燒，把壓上一層黃泥的草堆頂蓋，掀到半空去，不停的打轉。一座麥草垛子看上去不值什麼，但它卻是農家一整冬的燃料，無怪施老漢直嚷著饒命了。

而土匪根本不理會這些，接著又點燃了第二座草堆，我們蹺縮在槍樓上，火光透過槍眼射進來，一片血紅，火光裡走著濃煙的影子，鼻孔裡更是一股嗆人的煙味，彷彿這座槍樓，已經變成硫黃地獄，天地末日就在眼前的樣子。

我從槍眼朝外望，這回外面被火光映得通明透亮，我終於看見了那群土匪啦！一個穿黑襖留大鬍的傢伙，一隻手叉腰，一隻腿高踩在石滾兒上，腰裡別著一把帶穗的攮子。有兩個站在他左右，手裡順著兩支後膛槍。另外三個，手裡執著火把，坐在碾盤上，大模大樣的。一個嬸婆扳著我的肩膀問我看見土匪沒有？我舉著手掌說：「一共有六個，祇有兩支長槍。」

說也奇怪，在我沒朝外面看的時候，心裡怕得要命，一旦看見在火光中活動的土匪，反而不太駭怕了。他們也都是一個鼻子兩隻眼的人，並不是妖魔鬼怪，這些人祇是多了兩支槍在手裡，就炸鱗抖腮的充起人王來啦。

土匪燒了兩座草堆之後，又舉著火把朝村頭的屋脊上扔了，施老漢還是一直在哀求。我突然看見那支後膛槍，就掛在我背後的那面磚壁上，我奇怪施老漢花了許多錢帶來的槍枝，爲什麼到這種要命的辰光還不用它，難道眞的要等到土匪把整個村落燒光嗎？

在那一剎，我站起身來，試著取下那支槍，我把對槍枝的畏懼和嫌惡都忘記了，祇記得槍手們曾經教我如何開槍的事。那支槍很重，但我還勉強拿得動，我把槍口朝外，順過去，擠在槍眼裡面，對準麥場上的土匪，用力扳起拐球兒（即機球）。將子彈推上膛，閉上兩眼，把扳機壓下去，耳邊聽到轟的一聲巨響，槍托打得我肩骨瘦疼，我知道，我已經把子彈放出去了。

第一槍打過，我的膽氣壯了許多，緊接著，又機械的連著放了兩槍，這三槍開出去不要緊，那些土匪鬼喊狼叫的撒腿就跑，也許他們完全出乎意外，一時沉不住氣！當時，大夥兒以爲他們還會再來，但一直等到天亮，他們都沒有再回頭來打槍樓。第二天早上，村裡的人們確定土匪退走了，才奔出去救火，他們在麥場的石碾邊，發現有土匪留下的血跡，一直迤邐到村外去。施老漢判斷，我閉著眼開的那三槍，一定有一槍歪打正著，打傷了其中的一個土匪。究竟傷的是誰？又傷在什麼部位？那可就不知道了！

而我眞像做夢一樣，不知道自己究竟做了什麼，閉上兩眼放槍，居然也能打傷土匪。除了用瞎貓碰到死老鼠去形容外，簡直不知該怎麼說才好。

我離開施家槍樓後，第二年的夏天，在別處又遇到那裡的人，他們告訴我，那夜被我打傷的，就是要搶黃臉寡婦的土匪頭兒丁二，他的傷並不是直接命中，一粒子彈打進土裡，又鑽出來，從他腳心進去，腳背出來，那一槍使他多了一個外號——丁二跛子。

我這個蹩腳射手，讓土匪跛腿，倒也滿相稱的。但頭一槍就開了彩，不值得記一記嗎？

——七十年元月廿三日・台北市

生命的重量

我的母親是個瘦小溫順的婦人，農家出生，不識得幾個大字，她把丈夫看成頭頂上的一塊天，把兒子當成寶，所謂管教，也祇是轉述父親的話，開口是你爹說的，閉口是你爹講的。因此，我的童年沒得到過她什麼言語教育，她總是用笑容來感染我和融化我，偶爾會加上短短的一兩句關心的叮囑。我爬樹，她說：「爬高上低的，當心跌著啊！」我高興得手舞足蹈，她說：「小人歡，必有禍！」我又戽魚玩火，她說：「水火無情，小孩子少沾。」我要是唸書寫字，她就光笑不講，最後她說：「寫字就寫字，怎麼老愛咬筆頭子，把字都寫到臉上來了？你去照照鏡子，看你像不像戲台上的張飛。」

旁人說我太愛瘋愛野，要她多加管束，她說：「養孩子像養鳥蟲，越野越好養，祇要順著他的性子，從旁點撥點撥就成了。」

她儘管不識多少字，卻知道許多歷史故事，廿四孝的故事背得滾瓜爛熟，因果類的故事更是她意識的重心，她自己並沒有什麼創見，都是拿老古人的所言所行，轉述給我們聽而已，這樣，她彷彿變成一隻船，把上一輩留下的鄉野智慧和歷史知識，透過那些故事傳給了我，她從不認爲那是她自己的言語。

在生活上，她愛潔淨，每天天不亮就起床，家前屋後的灑掃，把枯枝敗葉都堆積起來，留作冬天圍爐取暖之用，她對農稼事務熟悉得很，怎樣套時間做事，怎樣選擇糧種，估計天時，適時的播下去；根據農歌農諺的知識預卜來年的澇旱豐歉，她知道多播哪類少播哪類莊稼；她對牲畜的心性和疾病方面的了解，幾乎和獸醫一樣的內行，牛羊豬隻和雞鴨鵝，這些家禽家畜，她都分別爲牠們取了名字，有了小毛病她自己會看。此外，她對銀錢的計算能力很強，一筆一筆的帳目進出，她不用數字和簿本，便能長串的背誦出來。

我無憂的童年說起來短得可憐，還不滿六歲，雜亂的烽煙便席捲而來，使我勉力背負起成人世界的驚恐和悲愴。我依傍著母親的生活，也就很快的結束了，在這有限的幾年中，她留給我太多不可磨滅的記憶和印象。

記得母親一直是剪髮不打髻的，這在民風保守閉塞的地方，是一宗使人駭怪的事情，同時她也沒有纏足，使她行動要比更上一代婦女便捷得多，另一宗是她的宗教信仰和野鄉上的人們不同，她是當時極少數的基督徒，常被人竊竊私議，把她當成「吃耶穌的」怪物，但這種看法，在她和里人共處數年後，已經逐漸消減了，到了抗戰中期，她還利用磨屋作宣教的場所，使瀕於絕望的鄰里因擁有對基督的信仰而心安理得的活下去。

在動亂的戰火中，她帶著我東奔西走的逃難，有時穿經激戰中的火線，子彈呼呼的像颳風，她一點都沒顯出駭懼，卻用她瘦小的身子翼護著我，她陪伴病重的父親數次去淪陷在日寇手裡的縣城就醫，穿過許多道日軍的卡哨，都不曾遇上留難。

她有一種超常的勇敢，源於我所不懂的、她的信仰。後來，我在醫院裡所設的教會聚會所受洗，她禱告說：

「我們在天上的父，我的學識和能力，都不足教育我的孩子，現在把他交到祢的手上，祈求祢以他的信，給他智慧和力量，使他活著，並因祢得到榮耀……」

母親到底教了我些什麼呢？父親去世後，留下大量的藏書和字畫，她小心翼翼的保管著它，父親教誨我們兄弟的話，她這時會拿來重複的提示我們，她很少在衆人面前用言語提到她的信仰，她總在夜深人靜時，獨自跪在燈前禱告，很短，但很虔誠。

離開她身邊快四十年，敵後輾轉傳來消息，得知她已經辭世了，但留在我心裡的瘦小的身影，卻成爲我生命中的光熱，這是一種超語言的直接傳遞，我總覺我的行事和爲人、志節和德行，無一及得上母親，她無須教給我什麼道理，單是她留下的信和愛，就夠我終身汲取不盡的了。

——六十九年三月・台北市

在文化的長河中

時光的巨輪一路輾壓過去，它的輪轍便成了歷史的軌跡；它以轟響的輪聲，綜合了人類所創建的一切，急滾而前；在它所留的軌跡中，一部分是純屬自然的變幻，一部分是屬於人爲的變幻。我們常以鬼斧神工來形容自然的景物，感嘆於造物的神奇，像地塊運動所形成的浩瀚的海洋和峻峭的高山，像狀如斧劈的峽谷，匹練飛垂的瀑布，挺拔入雲的古木，奇形怪狀的岩石……太多這一類的景物，使我於感嘆詠讚之餘，更進一步的領悟時光的奧祕，促發人以有涯之生覓取與時空冥合之創造。另一部是由穿經時空的人類生命所產生的創造，像巴比倫、波斯、亞述、埃及、中國……所留下的文化遺跡，各類的建築、器皿、文物，各類的典章制度與化入人心的精神觀念，它使人類深深領悟到：個體生命雖極短促，而大我生命的繁衍綿延，實體隨時空以俱存，這些實體的文化面貌與精神的文化內涵，肯定了生命的意義與價值，提高了人本的創發的境界。

無可諱言的是：在時光巨輪的持續滾動中，無論是自然的面貌和人爲的創建，都會產生必然的變幻和滄桑；巨流會劈山爲崖，滄海會變爲桑田，荒野會變成城市，高原會陷爲湖泊，任何事物都會經時光剝蝕，由新鮮而古老，由古老而消逝。無論你訴諸理性去分析，或是用感性去觸撫，這種變幻都仍是必然存在的。因此，剎那即是千古，千古亦祇是剎那的道理，也無需去解釋了。

而我們這些穿經時空而作短暫存活的人類，面對著無限奇奧的時空，在精神感受上總是極爲複雜的，總希望用奮鬥的創建去擴大生命的亮點，去作爲一盞千古常明的燈。在創造新事物的同時，又爲若干古老得即將消逝的事物抱著深深的緬懷，明知那種訴諸情感的緬懷與事實無補，而在精神意義上卻是深長的。有一天，當我們所創建的一切即將在時空中消逝之際，後世的緬懷何嘗又不是一種可以想像的慰安呢？舊的不去，新的不來，從這兩句簡單的俗諺，不禁使人仰佩老古人確是聰明的，實際上，變幻和滄桑，何嘗不包含著永恆的另一種意義呢？天若有情天亦老、月如無憾月常圓，苦短卻又多情的人生，復能比得天月何？但願我們就這樣簡單的懂得生是過程，死是完成，那麼我們就已包納在永恆之中了。

想找個人談禪麼？訴諸靈悟的禪是談不得的；有屬於無，無中方能生有。朽即是不朽，無朽何能不朽？也許這對世俗而言都是癡人的夢話，還是讓我們平實一些，面對著眼裡所能見到的滄桑吧！

長城被剝蝕了，歷代修補過的長城，已非原有的長城；金字塔傾塌了，重新建造的金字塔亦非原有的金字塔；而人類珍視古蹟，緬懷古物的心胸並不因此而略見消滅。這種充滿無奈的愚誠，也許正是生命價值之所繫吧？今日的創造又何嘗不是明日的歷史！不知怎麼的，說它是懂也好，悟也好，癡也好，愚也好，我的生命就這麼自自然然的傳統起來，在禪與實之間，點起一盞微如螢光的燈，自慰於它雖光亮微弱，總也是燈；能映出自己的眼眉要比全盲好些吧？即使如此，也眞難爲了我這識小的愚者了！

徘徊在博物館裡，看那些恍似煙薰的古畫，便神遊起生我孕我的山川；仰望著出土於中華大地的商周銅器，便摹想出一張張勤勞懇樸的先民們的臉，也如同器物表面上銅鏽般的斑駁了吧？所有消逝的生命在我心中，都有著莊穆的神容，那些曾以雄莽風格站立於世界頂點的人們，何嘗不是與天地並位的神祇，誰在乎多一個牌位或多一個名字？沒有土地和山川，就沒有那許多無名的神祇，沒有那許多無名的神祇，又何來垂爲典範的聖賢？這樣的愼終追遠，緬古而思今，不由驚慚交集，沁出一頭冷汗來。

在生命波湧的歷史長河中，我們這一代，應是長河中的一道浪，我們碌碌庸庸的把光陰一路抛灑，論過程，人人都有了，在這短促的生之過程裡，在荒嬉逸樂尋求享受之外，我們究竟付出了什麼？選擇過什麼？或是完成了什麼呢？時間的巨輪隆隆作響，一路滾壓而來，我不得不凜懼於百年後一堆堆黃土了。

譏我是冥頑也罷，嘲我爲固執也罷，那些當世的英雄、一時的豪傑，那些雄心逐鹿而不能與天地合德的人物，在我心中，總輕飄飄的毫無分量；那些僅僅求取皮相標新而非實質求新的人物，在我心中也紛墜如剪紙；正因此類太多，使我不單單是緬舊，更加上憐新了。

這些年來，時代浪潮高湧，社會陷於急驟的變革之中，醉於皮相之新者大有人在，凡屬標上「新」字的事物，無不趨之若鶩，眞正對新事物價値評斷具有深思者卻少之又少。我們經常在報章上看到某些古蹟逐漸地沒落或是被人爲的因素破壞了，某些古老的器物被洋人以高價收買流出國外了；大量的推土機像屎蚵蜋推糞般的推倒古屋，一如推去糞土；大量的怪手，以隆隆震耳的呼嘯吞食上一代人以生命、心血和智慧建成的家園；多少人爲此深思過呢？

同樣的，在生活習俗上的變革也如疾風驟雨，許多新興的行業，逐漸取代了古老的行業，尤其是優異的手工藝產品幾乎全面沒落，連那一類的人才，也後繼無人，凋零殆盡。當年習見的若干物品，像斗笠、蓑衣、竹籃、漆盒、炭籠、木盆、油紙傘、燈籠、細緻的木雕……如今都成爲收藏家眼中的珍品，而民間的傳統藝術，如剪紙、結扣，各類民間音樂和戲劇，雖不致在短期內完全滅跡，也處於苟延殘喘，逐漸式微的狀況之中，可以預料的是在可見的將來終將成爲絕響。

有些文學作家，在作品中發出感情的惋嘆，文化學家，大聲疾呼著，爲古老的器物與藝術請命，民俗學家在傷痛之餘爲文縷陳，感傷之情猶似作招魂之祭。無論如何，想使時光倒轉總是不可能的！就整體說來，新與舊的蛻變應爲人間常態，以新承舊極爲自然，檢視我們民族的歷史進程，很容易體察出這種逐步蛻變的風貌，而那些變化，都是以中華文化傳統爲主軸，同時吸收其他民族文化的優點，鎔鑄而成新的創發，如果眞的是這樣鎔鑄光大而創新，想來也就不會引起有心人大聲疾呼和傷感嘆息了！

當然，運用我們理性的思考，由於時代的不同，新的物質的高度創發，使社會整體結構與生活習尚丕變，有若干古老的工具與器物遭受淘汰是必然的。我們沒有理由再使用手推車代替貨櫃車，使用古老的樓船代替數萬甚至數十萬噸級的洋輪，用古色古香的煤燈代替新型電炬，因爲這些科學的物質創造，早已超越了民族的界限，爲世界人類所共有共享。但在衆多的新事物取代舊事物的同時，我們爲了珍惜前人的創造，至少應考慮到傳統的器物在形式上和精神上所具有的美感與質感，以及與文化交融的、特殊的民族風采，使新舊交融，變其質而存其形。

對若干古老的建築，如拱橋、雕欄、花牕，極具歷史價値的房舍和內部陳設，能多保留一部分，使人感受它的美，它所蘊的愛，使人在精神感受上，多一些文化的、歷史的、民族大地的空間，這對於我們應該是有益無損的，尤其是民間藝術，屬於精神文化的部分，我們實在看不出有任何淘汰的理由，但在事實上，卻被一窩蜂的喜新風氣損害到極爲嚴重的程度，怎能不使人痛惜其非呢？

在商業的呼嘯的狂風中，在無數誇張的廣告詞語上，我們看到洋房西班牙，瓷磚波斯和羅馬，家具法蘭西和北歐，看到西德名鎖，瑞典皮飾……一切物質潮湧而至，更看到披頭音樂、鄉村音樂，各式洋歌洋曲，怪獸般的吞噬著我們民族的幼苗；談文學要談勞倫斯、沙特和卡繆，談戲劇要談莎士比亞和易卜生，談音樂當然是貝多芬……甚至一般談話，也習慣在三句中夾上一句洋文，至於OK、拜拜、媽咪，早已在感覺上和中文無異矣！當然，由於今天交通工具的發達，傳播事業日新月異的拓展，各民族之間文化交流，思潮的相互感染激盪日益增強，實爲必然的趨勢，但我們像活嚥雞雛整吞牛排般的吞嚥一切，連精神都迷失其中，覓不著定點，卻不能不使人引以爲憂了！我們是否曾將紛沓而來的新事物，與傳統事物比映，客觀評估過它們的意義與價值？在有益於本身創發的情況下，作適當的取捨和融化？從教育上、社會生活上，很多實際的表現看來，我們的心理和作法都有著太多值得檢討研議的地方。你要一個學雕塑的年輕人雕一座希臘人的頭像，他能雕得維妙維肖，如果換成他自己的老阿公，他就會雕得不倫不類，一個現代流行曲的譜曲者寫一首新曲，奏出來不是三分東洋就是四分西洋。我們固不可一味以前人所創建的民族傳統文化而自炫——那就像窮人誇耀其祖先富有一樣可悲，亦不可僅以吸收西方皮相文明而竊喜，如果我們具有廣闊的胸襟、深沉的智慧、創發的勇氣和歷史的承擔，何憂何懼之有呢？路，是人走出來的！

而我卻是一個淺浮無識、日夕懷憂的愚人，經常感傷於古老事物在眼前的失落。前些時，一個同學跑來告訴我，說是北市迪化街那一帶的老屋就要拆除了；我立即背起相機，跑去和那些古老的房屋道別，呆坐在霏霏細雨中的堤防頂上，眼看著怪手無情的吃掉它們，一心都是潮濕的，記得一個熱愛中國文化的外籍女孩對我說過：

「你們拆掉了舊的中國式的屋宇，卻並沒建起新的中國式的屋宇！這些毫無特性、毫無質感的新樓，給人感覺都是一個樣子，呆呆的排在一起，外牆貼上馬賽克，使人走來走去，離不開走在廚房和浴室的感覺，好難受！你們自己不覺得嗎？」

我急忙解釋：新的中國式的屋宇是有的，像故宮博物院、中山樓……她卻搖頭說：

「我不是指某些象徵性的建築，如果某一民族的傳統文化，僅用爲象徵和點綴，那恐怕是不夠的吧？羅馬要像這樣拆法，三年之後，它就不再是羅馬了！」

我多年來首次被一個來自異邦的女孩窘住，窘我的並非是她的語言銳利，而是她的坦率和誠懇。在一個失眠的夜晚，我曾想過，物質面貌的變異事小，而精神面貌的變異事大，如果徹底揭開我們現社會的精神面貌，去檢視它的參差層次，恐怕我們都會駭然於衆生生命的迷懵吧？文是有的，化在何處呢？我懷疑一個尙不知中華文化爲何物者，竟敢奢談全盤了解西方文化?!若果幾本書、幾個概念就算得上知識，連我這卑微的愚者也不用匍匐終生了！

文化的巨靈，願你光照我們的額頭，使後來者有足夠的智慧和勇氣，山岳般的站立起來，吐氣為雲，揮汗為雨。願所有的靈智，凝結成新的國魂，超乎時空之上！那我們即使埋入大地變為黃土，也將以骨骸作為一民族的養分，滋潤著它的未來直至永遠！

輯四　童話・神話・鬼話・笑話

老爬蟲的告白

面對著稿紙度過半生，寫作對我而言，不是行業也是行業了，有時候認真去追想，我為什麼成為一個專業作者的呢？說來是非常荒謬，連我自己都不敢相信的。

小時候我喜歡聽說書、看野台子戲，沉迷到廢寢忘食的程度。有些比較知名的說書人，都在茶館裡設有固定的場子，聽書的人可以泡盃茶，翹起二郎腿，大模大樣的坐著聽，說書的人每說到精采之處，就停頓下來，由他的助手端著盤子請賞錢，通常一個晚上，都要收上兩次錢。我去聽書，既不泡茶，又不給賞錢，完全是白聽，一看到有人端盤子請賞，就退到門外去，等他收完了錢再回轉來。有些流動的說書人，總是揀著逢集的日子，在街頭巷尾找一塊空場子，口沫橫飛的說起來，而聽的人既沒茶喝，又沒座位，大都蹲在自己腳跟上，手托著腮，癡癡迷迷的聽下去；凡是有人說書的地方，總少不了我就是了。

至於看戲，我可看得多啦！山東戲、河南戲、江淮小戲、黎園的大戲，加上唱道情的，唱大鼓的，唱小曲的，打鑾琴的，甚至巫童巫婆行關目，我是有戲必看，白天聽的看的，都帶到夜晚的夢裡去，常常幻想自己也是書中和戲裡的人物，當然是什麼武曲文曲、青龍白虎之類的星宿臨凡嘍。

在聽書看戲之外，我還迷著聽人講古記兒，不論是悲的、喜的、恐怖得使人脊背發痲的，我都喜歡聽，每天夜晚，要是不聽一長串的故事，簡直就睡不著覺。

那些民間藝術和傳說故事，給我的影響是深鉅的，它使我充滿了歷史性的幻想，總脫不了忠孝節義、離合悲歡那種調子，而且把自己也放在裡面，扮演一個自己屬意的角色——當然是主角了。

後來，發現家裡的藏書，裡面附有插圖，我雖然看不懂文字，但繡像人物卻看得出是誰來，尤其是說書人說過、戲台上演過的，便更熟悉了。爲了想探究書裡究竟寫些什麼，我對認字塊兒的興趣愈來愈濃，沒入塾之前，我已經從文盲變成粗識文字，能夠吃力的啃書了。我最初所啃的書，從三皇五帝到清末的通俗演義類的作品，差不多都看過，尤其對唐宋兩個朝代的演義，特別熟悉，有人說：「唐書步步錦，宋書朵朵花」，表示它們精采熱鬧，我當然是喜歡湊熱鬧的了。

演義類的作品，悲劇感不深，英雄們死了沒什麼，祇是星宿歸位而已，什麼青龍四轉世，白虎三投唐，這本書裡的人物死了，翻到那本又出來了，仍然是一條好漢，這當然也是一種過癮，因爲凡是星宿臨凡的人物，閻羅王管不著，死後不必下地獄，直接升天，眞是羨煞人也。

不過，等我再讀到一些由民間傳說寫成的悲劇時，味道就不一樣了，俗說：逢「記」必苦，像《牙痕記》之類的書，讀來眞正苦進骨縫，而那些苦況，都是沒良心的人——尤其是狠心男人造成的，偏偏我又是男人，發狠日後長大了，不能把良心扔去餵狗，做一個死後還被人痛恨的人，立誓自歸立誓，長大之後檢討自己，雖不挺壞，也不算好，直接升天歸位已經沒我的份了，地獄恐怕還是要去走上一遭的，閻羅王審問我，一定會加上寫書害人這一條，汙了許多讀者的眼，迷了不少讀者的心，罪莫大焉，上刀山下油鍋跑不了啦。但世上既有創作這個行業，我不寫就沒飯吃，只好先顧眼前的現實了。其實，人世間的生老病死苦，實在夠受，刀山油鍋的滋味，不必到地獄去，照樣品嘗得到，抗日和剿匪期間，我們受的苦，一樣可以寫成什麼什麼記，讓後世人也爲我們灑幾粒眼淚。

我進塾唸書，先跟一個淮和尚唸，背誦是背誦了，但書的內容我根本不懂，他再解釋，我還是一腦門子漿糊，後來跟一個貢生吳老先生唸書，那位先生講得非常好，深入淺出，還打了許多讓人能夠領會的比方，懂是一回事，有無興趣又是另一回事，我對經史子集的興趣，遠不及通俗坊本小說有興趣。不過，通俗小說和戲劇看多了，總不能反覆再看，我的興趣又轉到新文學作品上了。

抗戰期間，不論是淪陷地區或是游擊地區，如果不是在大都市裡，書本都是稀少又珍貴的，偶爾見到一兩本，也被人翻爛了，有時沒有封面，連頭尾都殘缺不全，像雜誌和報紙，沒有什麼定期的，找到一本算一本，找到一份算一份，尤其是副刊上的好文章，都是轉輾抄錄下來的，那時，我在地下補習班，上國文課沒有課本，老師把一篇文章寫在黑板上，大家跟著抄，文章有古有今，新文學作家的散文，我就是那樣接觸的。我的一位堂兄讀過農校，他有個愛好新文學的同學到大後方去了，留下幾箱書籍，寄放在我家鄉下的農莊裡，我逃難下鄉找到那些書，眞是如獲至寶，便吃力的硬啃起來。那些書籍，多是五四之後新文學作品，有些作品的名字很生冷，內容也不算好，少數是知名作者的作品。那位張先生收藏這些書，讀得很仔細，有許多地方，都做上眉批眉註，寫出他的感想，還在一冊描寫戀情的長篇小說扉頁，寫下「美人黃土，名士青山」的話，他的毛筆字寫得細瘦挺拔，給予我極深刻的印象。

抗戰烽火擴大了，我們四處逃難，在流浪中，我仍然不斷的讀到一些文學作品，也熟悉了當時一些小說家、散文家和詩人的名字；在當時，我對新文學作品談不上專一的愛好，由於日軍封鎖的關係，我們沒有選擇閱讀哪一類書的機會，找到什麼，只要是有字的東西都願意看，讀得很零碎、很廣，也很雜亂，一部分翻譯小說，也都是那時候看的。

看書看上了癮，對聽說書和看戲的興趣就減低了，因為說書的所說的那幾部書，有時誇張過度，甚至部分段落渲染過甚，沒有看原書過癮。戲呢？在兵荒馬亂的年頭，也沒有什麼好的戲可看，倒是眞實的人間那些死別生離，要比戲台上演的更感人得多了！抗戰期間的許多文學作品，反映了戰亂的生活，多角度的顯陳，在在撼動了我，我時常感覺到內心也有很多話要吐述出來，讓別人聽一聽，假如用文字去表達內心，是我不敢企望的，我從來沒夢想過有一天我會成為一個作家，但學習和嘗試的心倒很強烈，那麼就從頭做起吧。

我的學習寫作的簿本，是自己找些單面有字的紙張打翻後釘成的，到東到西都帶在身邊，一面閱讀汲取，一面學著塗鴉，最早常寫些摹仿性的東西，也是雜亂無章的，比如說，讀了安徒生和格林的童話，我就學著寫童話，讀了平江不肖生和王度盧、鄭證因的武俠小說，也學著寫武俠，讀了戴望舒、朱湘的詩，也就學著寫詩，寫完了，自己看著都覺得臉紅。

到了抗戰末期，我對閱讀的作品逐漸有了偏向性的選樣，比較喜歡讀小說類的作品，尤其是舊俄作家那些滿懷人道悲情的作品，給我極深的感染，那些書本，彷彿是一座座雄偉而莊嚴的精神建築，把希望的種子，埋藏在多難的人間。也許是生存的年代、生活的環境影響吧，使我對各類型的人間悲劇特別敏感，因此，在我習作題材的取擇上，多半都以悲劇性的事件為主，至於表現得如何，那又另當別論了。

在摸索的日子裡，我都是孤獨的，沒有同好的朋友和我切磋，也沒有前輩給我指引，整整有四五年的時間，我既沒有成績，又沒有信心，祇有生活帶給我的感覺在我內心積蓄著，有想衝瀉又無法衝瀉之感。這種痛苦，到了來台之後，有了顯著的改變，在軍中的夥伴裡面，我發覺愛好文學藝術的朋友一下子增多起來，而且其中不乏頗具素養的，我們在操課之餘，把所有能利用的時間都用上，跑圖書館，逛書店舊書攤，用微薄的餉錢去買書，彼此交換著閱讀，並且互相討論。中華文藝獎金委員會的設立，早期的一些文藝刊物的誕生，對我們的鼓舞極大，投稿必須要有適當的園地啊！

五四的時代過去了，在這個島上，我們必須重新作精神的墾拓，今後的文學往何處去呢？那是我們頂著星和月，坐在帶露珠的草地上研究探討的主題，那時候，僅有少數在大陸上就為我們所知的老作家，像蘇雪林、王平陵、孫陵、陳紀瀅、謝冰瑩……等人，緊接著，文獎會的刊物和書籍，又不斷推出一些新的名字和新的作品，像潘人木、徐文水、端木方、方曙、潘壘、李莎、郭嗣汾、墨人，這些作家有部分是服務軍中的，那充分表示出一種意義，就是說：當兵的除了拿槍上陣，一樣能用筆描摹出內在的情神感受來。

當時在南部三軍裡，愛好寫作的朋友很多，像楊念慈、彭邦楨、朱西寧、段彩華、馬各、桑品載、李冰、沙塵、蕭颯（男）、王牧之、羊令野、王默人、高岱、洛夫、瘂弦、張默、彭品光、疾夫、阿坦、金刀、朱門、郭嗣汾、墨人、舒暢、張拓蕪，還有些軍眷作家像郭良蕙、丹扉、郭晉秀……多得一時無法逐一列舉了，人說：物以類聚，這些朋友早年並不相識，但彼此在寫作過程中相互傾慕吸引，慢慢的都熟悉起來，並且都成為老友了，從五十年代到八十年代，自由中國文學藝術發展到今天這樣蓬勃，以上那些早期文壇開拓者的心血和勞績，應該是被記憶的，也就是說，早期文壇的開拓，除了社會作家的努力外，軍中作家的全力投入，實在是一股不可忽視的主要力量。

對我個人而言，這些朋友對我的鼓舞和啓導，助我建立信心，更勝過我所讀過的書本，一直到今天，我們仍然用創作作為精神上的呼應，不管我們身在何處，能否常相聚首，我深信祇要我們還在呼吸，我們的心是一致的，為了一個理想的中國，為了合理的人類社會，我們自會和繼起的文藝精英匯成一體，盡力的寫下去、做下去，創作量的多寡、作品成就的高低是個人的事，但誠懇努力的心是相同的。

幾十年如一日，我守著夜和燈，思想、閱讀和寫作，從不曾厭倦過，懷著學習心情的人是不會厭倦的，唯有自滿才會逐漸的貧弱乾涸，我常這樣的自問：「司馬，你算得了一個作家嗎？」回答是肯定：「不！作是作了一點，離『卓然成家』還差十萬八千里，要學的還多得很哩！即使匍匐終生也學不完的。」正因如此，我才用生活作爲燃料，像一輛重型坦克般衝向前去，一千萬字，兩千萬字，三千萬字……直到用原稿砌成一座高樓，別人接不接受我我管不著，我能獨自坐在原稿的樓屋裡「孤芳自賞」也就夠了，人爲自己的理想盡了力，還有什麼它求呢？王大空先生寫一本書，叫《笨鳥慢飛》，而我這陸軍出身的人是沒有翅膀的，既不能飛，祇有改以「笨龜慢爬」去形容了！儘管前面山遙路遠，能不斷爬下去總是好的，要是抱著幾本自己的書，作「烏龜曬蛋」，那就永遠到不了啦！這種認定，有時還被讀者誤認爲過分謙虛，其實，它正是我拚命寫下去的主要理由，在我寫作的過程中，我所受的影響是多方面的，有些得自書本，有些源自生活，總括說來，知識、友情、生活和感悟，使我的精神能夠不斷成長，我能夠用筆去表現的，僅僅是這種成長的過程罷了。

——六十九年十一月十二日・台北市

從孕育到表達

小說和其他的文學藝術一樣，是面對無限人生的，我們要學習的範圍極廣，包含人類廣闊無際的精神生活的全部，和人類錯綜複雜的行爲生活的全部，這是我們任何人匍匐終生也難學得完的，所以我們要虛心的做一輩子學生，這樣，我們的取材面才可逐步拓廣，從個人生活進入廣大的社會生活，而無題材匱乏。

小說的主觀性表現在取材上，因爲個人的價値觀點是主觀的。小說的客觀性表現在表達上，因爲書中的人物並非作者本身，必須高舉那些人物，作品才會生動鮮活，有情有境。一篇作品完成後，係以客觀的表現，達成了主觀的目的，它已經將主客觀融而爲一了。

對已完成的小說作品而言，豐沛的生活知識，並不能構成它的不朽，但在創作之際，抽離了生活，便只見骨骼不見肌理。我們無法僅憑空洞的概念，去完成一篇作品。

每個人由於生長的環境不同，時空背景不同，本身際遇不同，內在的性格、人生的觀點互有參差，因此，便自然形成了個人的創作風格，和題材取擇的基本經驗方向。我們可以盡力求其廣，但更要求其深；寧取深而狹，不取廣而薄，單薄的作品寫得再多，也只是浪費筆墨而已。所謂風格，是自然形成的，而非是刻意求取的，風格就是作者生命的彰顯。

而生命是一具神奇的，有著無限容量的器皿，我們必須先通過學習和汲取，使它飽滿豐實，依照「滿則溢」的道理，使它自然湧溢在稿箋之上。啓開學習之門的鎖鑰，就是我們對人類的關心和愛，它是一種眞誠的品質，眞、善、美、道的胎盤，因之，我喜歡低沉溫厚的絮語，不重視高亢尖拔的高音；有容的心胸，必然是溫厚誠篤的。

這些年來，我盡量讓自己的生活單純，以便運用較多的時間去閱讀、去體驗生活，對於閱讀和寫作，可以說未曾間斷過。所謂經驗，是從不斷的實踐過程中獲得的，如果我們不去寫作，經驗從何而來呢？比較起來，痛苦的、失敗的經驗，給了我太多的幫助；因爲，成功的經驗，往往只是在當時給我們一絲欣慰和愉悅；而失敗的經驗，銘心刻骨，會帶給我們無數次的沉思默想，激發我們更向前行，增加我們的耐力和智慧，那對我們才是眞正有益的。

通過實踐，我們才會發現本身的貧弱，對於人和事認知和感受的程度，都不夠深刻細微，往往是概念多而體認少，表現起來，處處捉襟見肘。因此，一個作者，總是越寫越虛心，不會再有「少年十五廿時，步行捉得胡馬騎」那種不實際的自信心。寫作卅餘年，我個人的信心只是寄託在「誠懇追求」這四個字上吧。別人稱讚我們是天才可以，那是別人的事，假如我們以天才自視，並陶醉其中，那我們就是蠢材了，誰眞能以有限去籠罩無限呢？

小說既是一門人的藝術，在無限生命中去探索尋求，它就無所謂什麼創作法則，也正如岳武穆論兵所云：「陣而後戰，兵法之常，運用之妙，存乎一心。」但古今中外的寫作者，他們在實際創作中所留下的經驗，仍然值得後來者參考，他們的態度和行誼，也有許多值得我們取法的。一般說來，內在的蘊蓄和藝術表現是一體的，因爲，作品的本身就是這兩者的契合。內容與技巧孰輕孰重的問題，是無須討論的，內蘊和外現根本無法分開。

我對題材的取擇，一向比較審愼，總選取自身經驗所及的題材，這是我的作品爲什麼大多寫北方鄉野的理由。因爲小說大部分是語言世界的展布，缺乏豐富靈動的生活語言，人物就無法鮮活躍現出來，沒有足夠的語彙，筆端便會產生滯澀感。當我寫到以南方爲背景的人和事時，經常提醒自己，不要用「兒」字韻，寫來便彆彆扭扭的；也許在作品的形式上還交代得過去，就好像一張五官尙稱端正的臉，但缺少了顏色，我在寫長篇《流星雨》的時候，特別感受到這一點。

接受過小說創作高度理論訓練的人，比較注重小說的結構和形式，講求緊密和完整。當然，小說的結構和形式是重要的，但眞正的形式，必須要根據內容來決定。我在寫《鄉野傳說》、《秉燭夜譚》這兩個系列性作品的時候（一、鄉野傳說，包括《路客與刀客》、《紅絲鳳》、《天網》、《十八里旱湖》、《荒鄉異聞》、《聚雨》六冊。二、秉燭夜譚，包括《遇邪記》、《鬧將》、《野狼嘷月》、《巫蠱》、《挑燈練膽》、《呆虎傳》六冊），我便考慮到「傳說」的形式自有它的鮮活性，用中國味濃郁娓述法，去自然的鋪陳它，要比時空過分壓縮的現代結構法更能保留它原始的韻味。有時候，「說故事」的方法並不落伍，只看你能否把它說得精采生動罷了。我寧願融合傳統，去緩緩的求新，而不願盲目的一味標新。

在作品的孕育階段，我是按著事件、背景、人物心態的順序去考慮的。以單一事件爲主的短篇，我常以直接感覺著筆，一氣呵成；而對複合事件和多場景的長篇，我比較思考多些，主要是在事件的意旨，和不同的生活場景上，哪些是我熟悉的，哪些是比較生疏的，對薄弱的部分，如何汲取他人的經驗和知識去補強它。

寫長篇，故事大綱我仍然預先立妥，但每次運筆之後，我便把細部的情節交給人物自己去發展，到後來，預立的大綱有多處都被推翻了，它的功能只能在大體上控制和推動主要情節而已。

如果過分重視寫作長篇的大綱，也許在作品的形式上看來緊密些，但人物會因限制太嚴而受到傷害。控制的鬆和緊需要「適度」，如何「適度」，還要靠作者本身去體認。

以我個人的經驗，寫作一篇作品時，如能達到白熱化的沉酣階段，在感覺上是圓渾暢美的，用俗話說，就是寫進去了，使本身生命和作品的人物完全融合，這時候，作品的感性必然強烈。如果寫了半天，抓耳撓腮，我是我，作品是作品，文字也許還過得去，但作品卻是冷的，缺少靈動的氣韻，這是本人可以感覺得出的。

我所謂的「行文酣暢」，也許就是一般所謂的「靈感」吧。但一個專業創作的人，是無法依賴虛無縹緲的「靈感」的，我曾這樣記下過：生活是靈感的泉源，生活是靈感的保障，我們對作品中的人物和事物，都熟悉到像熟悉自己一樣。自可銳筆縱橫，把感性高度發揮。如果對人物生疏，對事件體認不足，苦苦去思想也沒有太大的用處，寫來一定是鬆浮、通俗而粗糙的。

渴切的求取更廣的生活知識，連帶的，就要拓廣閱讀的範圍。我早年讀書，多以文學作品爲主，近十多年來，我經常選讀政治的、經濟的、自然科學的、文史哲學的各類的書籍，希望多認識我們所屬於的時代，把這些書本知識，和眼前的生活知識聯繫起來，反覆映證，多多感悟，對作品的深廣有極重要的關聯。

在小說作品的文字運用上，早年我著重於遣詞鍊字，希望語出驚人；隨著年齡的增長，這觀念已逐漸改變；如今，我喜歡使用自然平樸的句子，變「銳」爲「渾」。當然，在表現方法上，仍須講求的。我常把手中的這枝筆，當成畫家所使用的，不同的彩筆；有時墨瀋淋漓，有時乾澀稀疏，有時以感性的水分去暈染，有時提起毫端，作細緻的描摹，有時講究一瀉千里的氣勢，有時曲曲緩流，有時迴旋不去，有時來去自如，有時像雕刀般的鍥刻，有時作蜻蜓點水……那完全看我要寫的是什麼樣的事物，才決定用什麼樣的筆法了。

文字運用的方法是說不完的，但運用時內在感覺的培養，是十分緊要的，比如對事物衍生的色彩感、音樂感、圖景感等等。一篇作品的色彩濃郁、節奏分明、情境栩栩如生，它必然會使人有身歷其境的感受；我們在執筆爲文時，最好多以靈性的眼，看看自己心上的畫幅，多諦聽起自心頭的無聲的音樂，是悲？是喜？是怎樣一種動人的曲調，順著它的催眠，去運筆描摹，使文字和內心冥合，寫出來的作品會有新的面貌的。

這些只是個人的感受而已，我也正順隨這種感受，在學習、在摸索。寫作像爬一座座重疊的大山，終生也攀不上峰頂，但引升自己的盼望，總是向前進取的動力啊？

願我們在喘息中共勉。

風雨長途

——我的生活回顧

我是一個資質魯鈍，但又飄浮多夢的人。我的夢說來也很卑微，只願安守家宅，學習耕作，做一個農民。童年期偏遭戰亂，失去了土地，到東到西的四處飄流，連一個最起碼的夢也破碎了。

戰亂也使我失去進入學校接受教育的機會，至於家庭教育，只是成長後回顧中的一絲夢影。眞正教育我的，是廣大的生活和時代的風暴，哺養我的，是無盡的長途上所展現的土地和山川，它使我思、我感、我悟，它導引我的生命和歷史文化聯繫起來，產生了本然的生命背負。

早時，我不認得幾個字，我唯一的根基是父親教我認的一些字塊兒，少數極簡易的單字，連不成句的；稍後送我進塾館，跟一個和尚念過一些開蒙的小冊子，《三字經》、《百家姓》，光會隨口哼唱，字還是不認得。以這樣的「準文盲」，想求拓展自己的精神世界，困難是可以想見的。正因我心裡貯積有太多的思想和感受，想吐述出來，因此，闖出文字帶給我的阻障，便成爲我早期努力的重點之一。

我把認字當成捉蟲，每天耐心的捉上幾隻，這期間，凡是識字的都是我的老師，這樣，只要花上一兩年的時間，我就能夠閱讀很多書籍了。看書時遇上冷字，我把它當成攔路的老虎，抖擻精神奔上去，像武松奔上景陽崗，三拳兩腳，便把它打服了。在識字教育自我完成的階段，我並沒感到特殊的困難，自覺只要具有高度的向學心和求知感，再加上足夠的耐心，長時不輟的努力下去，不但可以克服識字的困難，做任何事都一樣會日有進境的。

少年期的成長環境，可說極爲惡劣：烽火彌天，物質條件艱困，處身戰地，連一張白紙都難找得到，一些破爛的書本簡直成爲寶物，就這樣，我仍能斷斷續續的讀到一點書；多半是坊本小說、通俗演義之類的，偶爾也有一些新文學作品。僅憑著一點自學的文字做基礎，讀書而求甚解是不可能的，能有點滴的領會已經不錯了。

每當我用思維、感覺去觸及無限人生時，便心懷凜懼，承認學海無涯。我自知沒有成就大學問的能耐，只能先從本身生活面當中，揀取一點浪花水沫，反覆的感受它，以引發我的思悟，也許這就是我走上寫作道路的理由吧。我嘗試用筆寫下一些生命的感受，技巧是稚拙的，表現是淺浮的，但卻具有一腔熱誠，因爲它不但釋放了一己的內在感受，它還含蘊著和我同時代的一些人的感受。

那眞是學習塗鴉，寫一點丟一點，我無法在浪途中和征程上保留那些，也根本沒想過投稿和發表，一直到來台後。不再逐日奔波了，我才認眞的提起筆，繼續我讀書和寫作的嘗試。

文學創作是自由的，也是自然產生的，創作者的本身，必須對人世具有自然關愛的心胸，愛是一柄鑰匙，它可使你打開心靈的門，眞正的接納體認人世的林林總總；寫作的時間愈久，我愈能肯定這一點，愛心的付出，實在是文學作品最根本的價值所在。

幾十年來，我一直停留在「困而學之」的自學階段，自學最大的困難是很容易陷入主觀的陷阱，因此，不但要具有向學的虔誠，還要具有極大的虛懷，否則，便會失卻均衡，流於偏頗盲激。鑒於我國自五四以來新文學發展的偏失，我寧以臨淵履薄的情懷學習終生，以求增加生命的深度，建立生命的風格。

我早期的生活，可用「極度困貧」四字來形容。婚後，仍服基層軍職，僅以微薄的薪金養家活口；在距離上班地點十五公里之外的鄉下，租了一間農舍，築起一個小小窩巢，公餘之暇，讀一點書，寫一點稿；那時候幾無稿費可言，完全是一種愛好而已。隨著時間的過去，兒女相繼出生，家庭的負擔更形沉重，我的住處，也屢有遷移；但越搬地方越小，屋子越破。寫作生活的前十年，我們住的都是漏雨的房子，古人說的「屋漏偏逢連夜雨」的滋味，我算是飽嘗了。

直到民國四十八年，我的首部長篇小說《荒原》刊出並且出版，我們的住處才有了改善；我用僅有的錢加上告貸，把屋子重新翻修過，使我擁有單磚紅瓦不漏雨的空間；和半生飄泊的日子比映，那簡直是空前的豪華了。

早期亦寫亦讀的艱困歲月，我都把它詳細的寫在〈面壁手記〉裡面，其中有相當多的自我省察和督責，鞭策自己更加奮發努力，保持初衷，不更初志，爲中國當代文學的創發，盡上一份心力。當時本身的工作異常忙碌，只能抽空寫些散文小品和短篇小說，作品的數量不多，質量也很浮薄，但它總算是在艱困中萌芽茁長了

眞正把寫作當成專業，是退伍後的事，我有足夠的時間日夜奮筆，去抒寫積蓄已久的題材；轉遷台北後，子女都已入學，使我更能在內子協助下集中精力去寫作，平均每一年，我作品的產量都高達百萬字以上。近卅年的時間，我創作的總量，已經到達四千萬字，結集出版的也有了六十多種。除了寫作外，我的生活和海內外的廣大青年群打成一片，應邀參與的演講、座談和授課，占去我大部分的時間。我這樣獻出時間，只有一個理由，那就是爲中國文學的開拓盡心而已。

一個人的肉體生命是短促的，數十寒暑轉眼即逝。一位詩人形容人生是一枝離弦的箭，一面征服，一面失落；佛家更形容其如夢幻泡影；但人的精神生命卻是廣闊無際，

和宇宙共呼吸的。人的精神光照幅度如何，端視其面對人生所秉持的態度而定，我所追求的正是這一點，希望能與自然、與人群密切的融合，達致「我即非我，非我即我」的境界，唯有如此，作品才能獲得廣大的共鳴。

守著燈和夜，守著四季的輪覆，閱讀、思想、感受和釋放，數十年如一日，許多人看來，真是一條寂寞的長途，但我願從孤寂品味那份性靈展放的甘美。對一個專事寫作的人而言，行動可以忙碌，但心靈乃須保持閒適，這樣，思維才能深細冷靜，感性才能及物融和；熱烈而浮亂的吶喊，並不能構成作品本身的重量，而盲激的肯定，更會使人逐漸失去超越和領悟的能力；我經常用它來激勉自己，吸收知識，但卻不依靠知識，使自己的精神世界不斷的生長。

在現實世界裡，我只是恆河裡的一粒沙，平凡而卑微。我能保有的精神世界，全是歷史、文化、土地、山川，和廣大人群所賜予的，我只是藉著筆，把它回獻給人群而已。這許多年來，社會給我的鼓勵、鞭策、獎掖太多了，使我深感愧惶；我能夠回報的，只有心血凝成的作品了，無論它表現如何，它總蘊有我生命的赤誠，寫下去，已是我唯一的慰安。

——七十一年六月一日・台北市

童話·神話·鬼話·笑話

寫作近一甲子，我從來不敢寫「童話」故事，因爲我的童年，生活在烽火連天的悲慘世界中，我不忍讓生活在承平世代的小朋友感受我悲慘的童年。

但，人活在那種「非人」的歲月，總要感受生活「現實」再從一些虛幻飄渺的故事裡，找到一絲安慰，激起一絲希望，於是「傳說故事」便成爲我成長的生命教材。那裡面充滿了「神話」、「鬼話」和受人省思的「笑話」。按理說，這些並非「童話」；但在白髮老公公和沒牙老奶奶的嘴裡，用孩子都聽得懂的話說出來，它就變成了「童話」了！

先就「神話」來說：話說殷紂王無道，肉池酒林，天下俱怨憤難平，托塔天王李靖原是鎮守陳唐關的主將，他生有三個兒子，分別是金吒、木吒和哪吒，前兩個本領平常，唯有哪吒三太子，得貴人傳授，足踏風火輪，手持火翦槍，眞是功夫了得！但哪吒不肯「助紂爲虐」，總在外面鬧亂子，一心要爲武王伐紂。李靖思想頑固，認爲身爲臣子，忠君至上，兒子不聽話，要做反股的叛逆，就祭起神塔，把哪吒壓在當中，更對哪吒訓斥說：「身體髮膚全受之父母。你要想出塔，先得把身體髮膚全還給我！」並說：「什麼是你的？只有一口牙是你的！」

哪吒還是不順從，就把身體髮膚全肢解了還給父母。出塔後幻成白藕紅蓮，後經眞人搭救，還復爲人身，成了伐紂的先鋒。這個故事的本旨是說人生在世，「仁」不可奪，「志」不可移，即使生身父母也不可改變其做「人」的原則！

再就「鬼話」來說：有個老爺爺，摸黑走夜路，遇到一個黑黑的東西，那東西大喝：「讓開路！讓開！」老爺爺說：「幹麼要讓開？」那東西說：「你知道我是誰？我是鬼！」他以爲這麼一來，一定會把老爺爺嚇得非讓不可了。誰知，那老爺爺用菸袋鍋，敲打那東西的腦袋說：「鬼有什麼了不起？再過幾天老子就和你一樣了！」

年輕人怕「鬼」，因爲他們的日子像春天樹上的葉子，「鬼」離他們太遠！司馬爺爺不怕「鬼」，只因爲隨時都能變成「鬼」。這故事本質上是穹蒼生生不息的宇宙奧祕！

後就「笑話」來說：一個老人帶著小孫兒趕集市，路過大荒塚，小孫兒指著那些荒塚堆問說：「這是什麼呀？」好爺爺說：「都是些土饅頭呀！」後來到集市上，挨肩擦背都是人，小孫兒問：「這些又都是什麼呀？」老爺爺笑說：「這些都只是日後的饅頭餡兒罷了！」

這些聽起來都像是「笑話」，但也都是生命無常的人生哲學。

我們民族一向極講究話「親」敘「舊」。像「五服堂親」，分親堂、仲堂、遠堂，表親分姑表、舅表、姨表。如果再拐彎抹角，就能把人搞得頭昏腦脹了。故事說：有一天，鄉下一個年輕貌美的婦人，單獨上街趕集市，結果遇上個壯年男人，一把抓住她說：「哎喲！自小看妳長大，怎會變得這般標緻。眞是女大十八變，變成了觀音哇！」女的疑惑抬眼，並不認識那個男人，眨眼說：「敢問您是？」那人說：「妳不就是我大舅的外甥媳婦嗎？走走走，我請妳吃飯去！」那婦人跟隨他進飯館，兩人敘親話舊。回家後，說給長輩聽，她婆婆掐了幾次手指頭，驚聲哎喲說：「妳是被他戲耍了！他是他大舅的外甥，他說妳就是他的媳婦。只轉一個彎，就把妳弄昏了呀！」

這個故事講了之後，我們的長輩就教我們掐手指頭算親戚，比如姑媽的姨媽怎麼稱呼？姨媽表舅的子女又怎樣稱呼？在我感覺中，要比「雞兔同籠」的算術題更難呢！

若想發展民族性的「童話」，得從民族歷史文化中找題材，不能靠小公主與小王子、阿里巴巴大盜、阿拉丁神燈、辛巴達奇航妖島，來作爲童話教材。我們的兒童床邊故事，實具有極大的發展空間。傳說教育的功能是值得肯定的，吳涵碧曾在《中華日報》連載多時的「吳姐姐講故事」，就是極佳的範例。如果把歷史感消化一些，那都將是民族童話的源頭呢！

人到老來，該軟的地方全變硬了，若還能哄得住小孩，那表示我還有殘餘的利用價值。若有人家誠徵阿公，我一定削價賤賣也！一笑！

自由的約許

早在愁紅慘綠的年歲，初初聽到「自由」這樣的字眼，內心所懷的莊嚴感覺和興奮的情緒，眞是難以筆墨形容；那時初讀前人的吟誦：生命誠可貴，愛情價更高，若爲自由計，兩者皆可拋！彷彿也就是自己的情懷。一度仰望過自由的境界在黃昏璀璨的晚雲上，無數疊疊的金色雲片，在熠射的光弧中跳著德謨克拉西；那是一幅崇高而遙遠的天國壁畫，使人產生縱身投入的玄想。

誰曾享有過那種臆想的自由境界呢？在多災劫的土地上，在多苦難的人間，人們祇有在一刹如夢的淒迷中引頸遙矚罷了。抗戰的烽火綿延著，每一閃光，就如魔手般撕裂了一些人畢生所營建的，呼吸硝煙的人們應該懂得：自由的意義歸屬於民族的整體，活著是一種責任。因此，我們走在冰稜的路上，聽從悲咽的號角，把生命像手榴彈般的投擲在陣前，用鮮血塗染出完成的標記，氣化春風肉作泥，該是另一種詮釋吧？我懂得自由就是那樣懂的，無數從死亡的烈焰中化升的臉，舞成初春的蝴蝶！我們神聖的祖國，可詠嘆的祖國。

總覺得用生命去解釋自由，要比另一些空洞的吶喊更要眞實；在鐵蹄之下溜鳥和吐痰，難道比橫屍沙場更爲自由?!無數人寧願選擇後者，當然具有精神上的理由，這選擇的本身便具有自由的意義了！如果侵略的烽煙壓在你的眉上，暴力的禁錮使你窒息。你會做怎樣選擇呢？對於曾經選擇死亡而沒有歸入死亡的人，自由便成爲一種對生存原則的捍衛。

在一個寒風冷雨交織的冬夜，我們跋涉過滿是泥濘的長途，停歇在一座甫經激戰的鎮店上。我懷抱著冰冷的槍枝，背倚在一道古老家屋的磚壁下；一方黃亮的牕光，落在我面前的街心，牕光中剪現出一家人共浴燈光的影子。我曾回望過那扇古老的牕，自覺比雲還高，比夢還遠。一方牕光裡蘊有我童年期對自由生活的幻想，我們必須通過戰鬥去撿拾它，這保衛屬於我們自己，同時也屬於民族的整體。我忽然明白：爲什麼有許多人在淞滬之戰的傳告中、在松花江上的歌聲裡，離開根生之土，奔匯成一支又一支隊伍的原因了！讓號角把生命吹成風或是捲成雲，現實就是那樣冰冷，而希望總在冰層下流動著，生存的意義和價値，都含蘊在其中。

誰曾享受過這種意想中的自由呢？精神的嚮往和實體生活之間，總有著很遙遠的距離，任何個體的生命都無法橫展成歷史。因此，活著是前進的過程，死亡便是一種完成。一個爲爭取自由而死的人，他的靈魂必將是自由的；沒有誰拘禁過風和約束過雲，爲意想擲出明天難道不是智者？

一旦砲聲停落，我們擁有自己的屋頂和牕光，便格外的珍惜起來，用它去悼亡悼失，用它去沉思默想；在歷史的卷頁裡，我們今天所擁有的，實在比往昔大一統的承平年代更爲豐實，但這僅僅是局部的，而非整體！有一年冬寒季節，行軍路過北方的一座荒村，遇著一位頭髮花白的老人，滿臉縱橫著酸苦的皺紋，他赤著一雙凍紅的腳，蹲在自己的腳跟上，捧著黑陶碗，碗裡是稀得照見人影的藷葉湯，他就那樣瞇眼對著太陽，一口一口的啜飲著，我問他道：

「您在想些什麼啊？老爹。」

他轉過臉，眼神是迷惘分散的：

「到這把年紀了我還能指望什麼？我是在想：哪一天能過幾天像人過的日子？」

我常常想到那一類依附著土地生活的人群，他們安分守己的爲人，與世無爭，但時代播弄著他們一如秋風播弄乾葉，捲起又落下，就涵蓋了他們的一生。當侵略的烽煙和暴力的禁錮來臨，獲得自由的唯一方式就是捨死的抗爭與含淚的堅忍，它鑄造成民族最痛楚的悲劇形式，一直綿延到歷史的心臟裡去。你從史頁間聽過匈奴的馬蹄、韃靼的伐鼓，見過張獻忠屠蜀的碧血、李闖捲州劫縣的情狀，堆成山的首級可曾享有過所謂的自由?!如果歷史上的血光眞能使人儆醒，今天的中國究竟是怎樣的中國……當秋海棠葉般的土地成爲蟻穴，我們憑什麼將自由當成個人的享受？消泯了道德勇氣和應有的承當！任意揮霍自由的人，未必懂得自由的眞諦，這類人士大多是精神的自囚者，在慾的煎熬與利的攘奪中浮沉，並且吶喊著：爲什麼人不能一口吞天?!

我們實在無須向任何人討乞那種生活上的自由，一個持志不屈的生命，忠於他的精神信仰，不論在任何險阻艱難的環境中，都能掌握住自由。意志的自由本乎自身，根本無庸乞討；一個自由人和乞丐之間的境界是有天壤之別的。如果我們本身的意志讓我們爲愛付出，那麼付出的本身即已充分具有自由的意涵，即使在形式上它是一種悲劇，也絲毫無損於它的意義。

若是僅從煩瑣的行爲中體驗自由，你將會發現這是乘無底之舟去航行怒海，誰是眞正的渡者呢？社會的網格密張著，你是一尾在網裡掙扎的魚，躍來躍去，無非停留在妻子兒女、衣食金錢的網格上，營營終日，勞碌終生。一個銀行的老職員，述說他半生的經歷，也不過就是在同一個辦公室裡，換了三張桌子。一個計程車司機，說他每天清晨習慣看天氣，幻想他去山中旅行、海濱垂釣，或是呆坐在溪河上看滾延的漂石。

「小時候常常這樣。」他說：「如今被生活釘住了，左拐右彎，跳表數錢，誰說生命沒有價錢？扣除老本，一天最多值五六百塊錢。十多年了，我光是想，卻連一次旅行和垂釣都沒有實現過……你說我不自由麼？各行各業的人誰又那樣自由過？那些達官貴人又如何？心裡想脫掉鞋子去踩踩海灘，偏要坐在會議桌上發楞，連——打個呵欠都得捂住嘴。」

他的話雖說得粗糙，卻含有使人反覆玩味的深意，促使我深夜不寐，在燈下奮筆，做一隻早啼的寒雞。面對著一些撐著沒底船，高喊著自由以招徠搭客的人物，不禁悲從中來，不知此輩究竟是豪俠還是溺者了？

在沙場上橫屍的勇士、在難途中用風沙蓋臉的生靈、在勞改營裡被驅如螻蟻的同胞，千萬顆濺血落地的人頭，會告訴我們自由是怎樣的意義？我們何能將那些過去曾發生過，如今也正發生著的慘劇摒除於人類生活之外，視而不見聽而不聞的故示遺忘？當那些與我們在同一星球上共臨日月的人類慘受荼毒之際，自由這名詞，將使人心頭滴血，一個眞正體悟它的人，在他的心靈中、精神上，絕無單獨享有的觀念，這幾乎可以斷言。正因如此，我們都必須滿懷希望的繼續奮鬥下去，當人類所共享的自由尙未在人間體現之前，奮鬥的過程才是最佳的詮釋和最適切的表徵吧？

胸懷大愛的智者，你在何處呢？

我願提著裝有我短促生命行囊，

追隨於你，走在追尋自由的道路上，
把生命當成種子，
一粒粒隨風拋撒，
有一天這世界長成一片綠林，我將安然於
我們的血曾是它的養分……
願繼起者遺忘這些
忘卻以生命去植樹的前人！

寂寞的長途

——憶老友姜貴先生

和姜貴先生訂交，轉眼二十年了，眼見他在多風雨的人生長途上走到終站，緬懷往昔，不禁感慨萬端。我第一次見到姜貴先生，是在女作家童眞的家裡，沒有別的客人，我們煮酒聊天，談得異常投契。他是耿介的人，有著他特殊的人生觀點，社會一般人也許會覺得他有些古怪，但少數和他相知的朋友，都知道他坦誠無隱，一點也不孤高。他的生活經驗非常豐廣，他不但汲取那些生活，收入他的記憶，並且能感悟它們在表相之外的眞實意義。按理說，一個對生活認知度很深的作家，應該能夠輕鬆的處理他本身的生活，但結果恰恰相反，他能侃侃而談天下事，但對本身的生活卻一直處理不好，因此我們可以斷定，他是屬於藝術型格的人。

我無論和他見面談天也好，互相通信也好，總覺得他內心懷有一種極深的孤憤，給人一種濃烈的悲劇感覺，這種悲劇感，一半是屬於他個人性格的。或可說他太愛國，太愛北方廣大的土地和人民，他眼見人為的大悲劇侵襲而來，人們多半愚懞，除了怨嘆命運而外，祇有逆來順受，為認命而堅忍，這形成他內心痛苦的根源。

他不像年輕熱情的生命，在作品中輕易的去肯定什麼，發出一陣盲激的吶喊，他對生活深度透視之後，看法也較為廣闊深沉，他撥開浮象，牢牢的掌握住人性的根鬚，冷靜的、平實的去抒寫，寫一些人的保守頑硬，一些人的私心私慾，一些人的興風作浪，無不寫得生動精妙，這不光是靠才情所能達致的，多半靠作者經驗老到，對人、對事、對物、對歷史文化和時代的推移，都有他的觀點和見地。小說作品，能寫到客觀冷靜、平實無華的地步，看來簡單，實非易事，姜貴先生作品的最大特色正在這裡，他看得深、想得透，見人之所未見，但在表達方面，卻能做到真正之客觀，絕不用主觀的意旨去籠罩他筆下的人物，《旋風》如此、《重陽》如此，其他作品也莫不如此。儘管表現上是客觀的，但作者的思想性卻揉融在表現之中，透過他對時代生活的敏銳洞察所產生的思想，是深邃的、超常的，這就是他的作品在國際上深受矚目的主要原因，因為他懂得中國，懂得中國人最深的精神層面。

他體認到人性是複雜的，因為他本身就很複雜，在現實生活裡，橫逆、挫折、一連串沉重的打擊，不斷降落在他的身上，使他奔波勞碌，活得像一隻無歸的漂鳥，他一陣子想浮昇突破，過一陣子又心灰意冷，這種反覆浮沉的矛盾心理，不斷折磨著他，他像平常人一樣的牢騷、怨苦，承認安定的工作和適量的金錢是重要的，每談到這些，他就因不能得到這些顯得有些自卑，但在精神領域中，他卻顯露出一身傲骨，並有著充分的自信，相信他的作品的價值和他思想的價值，絕不向世俗妥協低頭。

精神和現實參差太大，使他原本特異的性格更加古怪，除了極少數的朋友之外，他幾乎把自己封閉起來，盡可能的不在公共場所露面，不作公開演講，不接觸一般的社會人，尤其是官場上的人，他覺得任何湊熱鬧的事，如不是出自本心，就是極為無聊的、時間上的浪費，哪怕是幾分鐘他都不很願意。他這種近乎孤僻的心理狀態，我是深知的，因而，我每次和他見面，幾乎都是單獨的，最多也祇是兩三個談得來的朋友，我本身從事專業寫作，知道作家要閒與靜的創造環境，可惜我的性格開放，冗務纏身，不能像姜貴先生那樣堅持著生活上的孤獨，其實在內心裡，他的單純生活倒是我深深嚮往的。

通常，一個人在一生當中，總有一段意氣風發的光風歲月，姜貴先生的前半輩子，也許有過短暫的風光，但來台後這幾十年，他是貧窮、寂寞、活得沉重艱難的；他寫的書，不管國際間有識之士，對他有怎樣的推崇和評價，但在國內書刊行銷的市場上，他是曲高和寡的冷門作家之一，卻是不爭的事實。他的稿費和版稅收入極其微薄，和通俗流行作家，根本無法相比，人常說：時也、運也、命也，印證在他身上，最適當不過了。他對作品本身具有信心，並不等於他對發行、銷售、推廣、收益有信心，因爲這純粹是兩碼子事。對於後者，他自承不懂，他祇是一個繼古代文士餘緒的、保守的人，他常認爲自己上了年歲了。對新的文化企業的經營和拓展，他不願再去費腦筋了。他寧可因擁抱他自己的觀念，繼續潦倒的生活下去，也不願在這方面使用作品之外的因素，去獲致他一向卑視的名和利，他這種堅持，事實證明他至死都不曾改變。單就這一份堅持到底的精神，就夠令人敬佩的了。

他養雞養失敗了，想幹旁的工作又缺少適當的機會，等生活窘迫到無法撐持的時刻，他祇是回到他的老本行，靠煮字賣文換取微薄的待遇，結果是付給社會的都是現的，而收入和他寫作賺錢，也都是苦多甜少，他始終突不出貧困的範圍。這爲錢財爭逐的社會，對姜貴先生這樣稱得上國寶的作家，是不夠公平的，姜貴先生的作品，沒有一部是娛樂大衆而寫的，大家不踴躍買他的書，他能不窮半輩子、苦半輩子嗎？有些有心人常爲此呼喊：作家是要全社會去關心培養的，我們培養了姜貴先生什麼呢？

一年夏秋之間，我到台南東郊，他的住處去看他，那屋子狹小而破舊，連一張像樣的待客的椅子都沒有，我祇好坐在一張小圓凳上和他談話，那是他最灰黯的、走霉運的一年，他的太太病餓而死，死時他不在，到北部找朋友張羅生活費用無著，鄰舍不知情，衆口同聲責怨他，報紙上、內幕雜誌上，更繪聲繪色的栽誣糟蹋他，演成一場莫須有的官司，打得他身心交疲，情緒鬱勃而低落，那時他的第一部作品，也是最重要的一部作品《旋風》出版不久，由於那是一部對中國共產黨邪惡本質透視得最深，對中共打擊得很大的書，他懷疑是有人爲虎作倀，存心藉此打擊他，證諸後來破獲的匪諜案，使人不能不考慮他懷疑的眞實性，因爲共產黨一向是無孔不入，他們對於生活在自由世界裡的反共文化人，一向使用造謠、分化、中傷和多種卑汙的方法加以打擊和傷害的。他們用這種方法，打擊一個喪失老伴、困居陋室，又飢寒交迫的反共作家，實在令人齒冷，並憤慨萬端。

喪妻後的姜貴，又失去了職業，不得不父兼母職，照料孩子，煮字療飢，他的一部一部作品，不是在安適環境中寫出來的，而是在艱苦煎熬下逼出來的，眞不知有多少血淚，灑在深夜攤展的稿箋上。

其後不久，我先遷來北部，和他相聚的機會便少了，而且各人都爲生活忙碌，偶有書信往還，我的信寫得很短，他的來信卻都很長，而且都餘意未盡，彷彿有太多的話要對我傾吐。

數年來，他的孩子長大了，他也離開台南那塊傷心之地，到台北來寄居，有位朋友告訴我這個消息，說他住在城中區一家設備簡陋的小旅館裡，我去了幾次他都不在，最後總算見了面，在昏黯的燈光下談到深夜，我覺得那間旅館環境嘈雜，投宿的旅客流品複雜，夜來時更是一片喧譁，並不是理想的寫作處所，勸他另外租棟房子，他說要等小兒子北來再設法租屋，他認爲租房子要自己洗衣、開伙、打掃、整頓，有利有弊，在旅館便沒有這些麻煩，洗衣有人包洗，打掃由清潔婦負責。附近攤位多，隨時可去吃小吃，時間節省下來，作寫稿之用，有它經濟之處，再說嘈雜，他表示習慣了就好，關起房門來，充耳不聞可也！我覺得他的話不無道理，也就沒再說什麼了。

六十二年，我到華欣文化工作者聯誼會服務，忽然接到他的一封長信，信裡說他已在泉州街附近租了房子，打算確定他爾後的寫作計畫，最先打算以黃河流域數十年中國的動亂與災劫爲背景，寫一部跨越幾個時代、篇幅異常巨大的長篇，並且附上作品的計畫大綱，常時我覺得也祇有他眞正夠資格寫這部史詩般的大書，內心非常的興奮，他在信末特別提到他的困難，那就是在動筆到完稿這段時間——預計兩年左右，他缺乏基本生活費用，而且這部篇幅巨大的作品，在當時出版界，誰有魄力出版的問題？

我本身毫無直接協助他的能力，便和當時主持華欣文化中心出版事務的尹雪曼兄商量，雪曼兄正好也收到姜貴先生寄到中心的信和大綱，和我有相同的贊助熱忱，在會報上，對華欣文化中心的蔣主任提起這件事，詳細陳明了姜貴先生生活上艱困的情形，和他雄偉的創作構想，蔣主任一口承應贊助，表示在姜貴先生寫作這部書期間，發表的稿費仍歸作者，中心願意取得出版權，每月給付新台幣萬元的生活費用，算是無條件的贈予，該書出版時，版權費照付，並不從其中扣除，以當時的物價指數而論，每月萬元贈予，並非小數目，蔣主任鼎力協助文學發展，照顧作家生活的苦心，既眞誠又有氣魄，三十年來，以這樣關切的心胸來照顧一位優秀作家，眞還不容易找到其他的例子。

幾天後，華欣的祕書方興華兄陪我一起去看姜貴先生，好不容易找到他租賃的房子，那房子緊鄰陸橋，來往車輛的噪音刺人耳膜，我怨姜先生爲什麼租這個房子？在這種噪音震耳的環境裡，怎能安心寫稿呢？他表示一來房租較便宜，二來已經租了祇好面對現實，同時租賃時間也快到期了，我建議他換租一處清靜的房子，好安心寫他的巨著，同時，把華欣文化中心對他的支援的心意也表達了，姜貴先生表示異常感謝，祇是換租房子的押金他一時拿不出來。後來他覓吳興街松山寺對面的灎陽山莊一處二樓房屋，押金由華欣代付，同時按月支付他的生活費用，這樣過了三個月，姜貴先生又寫了一封信來，表示經他愼重考慮，這本書他很難下筆，因爲依據當時的史實，共產黨固然罪大惡極，而政府的地方官吏，也陋習重重，他不願掩過飾非，但寫來顧忌太多……我把這意思轉達給蔣主任，蔣主任說：「我們尊重姜貴先生的風骨，過去的歷史應該檢討，是就是是，非就是非，帶著許多老毛病去反共是不成的，姜先生大可不必有任何顧慮，歷史的忠言正可以使我們得到警惕和激勵！」

這番話，我也和姜貴先生當面說了，但姜貴先生審愼思考了許久，最後說：

「這樣吧，我仍然覺得這部大書要稍微押後再寫，如果華欣要出書，我可以給一部另外的長篇，因爲我改了計畫，華欣送我的生活費，也不必再繼續送了，對華欣資助我的這番盛情，我會永遠感謝的。」

這之後，他遷離了台北，我們就很少聯繫了，聽朋友說起他的生活景況，也都是零零星星的，有人說他寄居在廟裡，無論如何，他並沒輟筆，後來，幼獅文藝還刊載了他以桐柏山爲背景的長篇，在悠長的六、七年裡，我祇在報社所舉辦的酒會上見過他兩次，由於人多嘈雜，祇能略作寒暄而已。我記得他曾以無限沉愴的語調，談起黃河兩岸人們艱苦的生存，我期望總有一天讀到他那部大書，直到他辭世的消息傳來，使我的希望成爲夢影，我有著最深的痛惜和悲哀，這部大書沒能問世，實在是無可彌補的損失，我想，在姜貴先生彌留之際，也會引以爲憾的。

姜貴先生眞的性情古怪嗎？不！他是以在野的胸懷，吸納歷史，最著重人民生存和生活的人，是一個堅守民族文化本位，在寂寞中潛心創作的人，他不是古怪，是看得比我們更遠、想得比我們更深，他認爲許多意義的根蒂所造成的問題，絕不是口號和吶喊所能解決的，年輕一些的人看來，也許會認爲他比較消極，事實上他非常積極的要從歷史和現實中，尋找出路，他現存的作品，已足使我們感悟，並隱隱的得到一些靈性的指引。

在他走過的寂寞長途上，我想，還會有人繼續走下去的，一個理想的中國、理想的社會，是我們共同的夢，我們呼吸著，就必會向此前進，用筆尖耕耘去實踐理想，用愛心去覆蓋一切痛苦的生存。

陰陽相隔的祇是我們的形體，卻阻隔不了融合無間的精神，願姜貴先生安息，並在天國默佑我們民族中繼起的人才。

編者附記：

姜貴巨著《旋風》先後入選《亞洲週刊》二十世紀中文小說一百強、台灣文學經典三十，絕版近四十載，一九九九年由九歌出版社購得版權，重新排版問世。

九歌文庫 1045

司馬中原笑談人生

著　　者：司馬中原
責任編輯：鍾欣純
發 行 人：蔡文甫
發 行 所：九歌出版社有限公司
臺北市八德路3段12巷57弄40號
電話／02-25776564・25707716
郵政劃撥／0112295-1
九歌文學網：www.chiuko.com.tw
登 記 證：行政院新聞局局版臺業字第1738號
印 刷 所：崇寶彩藝印刷股份有限公司
法律顧問：龍躍天律師・蕭雄淋律師・董安丹律師
初　　版：2009（民國98）年8月10日

定　價：240元

ISBN 978-957-444-608-7　　Printed in Taiwan
書號：F1045

國家圖書館出版品預行編目資料

司馬中原笑談人生／司馬中原著.-- 初版.
--臺北市：九歌， 民98.08
面；公分 --（九歌文庫：1045）

ISBN 978-957-444-608-7（平裝）

855 98011149